ALFREDO HERNÁNDEZ GARCÍA

La paraeta

Luna de Abajo
Narrativa-7
Oviedo 2025

PRIMERA EDICIÓN: ABRIL DEL 2025

© Alfredo Hernández García
http://alfredohernandezgarcia.blogspot.com/

Luna de Abajo
Tels.: 984 20 17 71 / 654 29 29 46
lunadeabajo@hotmail.com
www.lunadeabajo.com

Corrección y revisión: Eva Vallines
Diseño: Pandiella y Ocio

Depósito legal: AS 01209-2025
ISBN: 978-84-86375-83-6

Impreso en España - Printed in Spain

A mi dama de las Cumbres

ÍNDICE

Presentación

SEGUNDA PARTE
Incluye Primera, Segunda y Tercera Historieta

Presentación

Hace más de un año llegó a esta editorial un manuscrito anónimo, que fue desestimado no sólo por estar escrito de muy malas maneras, sino además, por no ser válido dentro del buen gusto que dicta la moralidad.

Esa, y no otra, fue la razón por la que tras una primera lectura, y otra más detallada después, nos decidimos, no sin ciertas dudas, a meterlo en un cajón, cerrar con llave y luego tirarla para que a nadie se le ocurriera… en fin, hacer algo con él.

Luego, alguien nos dijo, que el tal manuscrito podía estar basado en hechos reales, lo que en un principio nos produjo mucha risa. Un día mandamos a una especie de reportero a Valencia para que echara un vistazo y se cerciorase de si eso era posible (la verdad, nos parecía imposible que alguien hubiera escrito una cosa así). Cuando el reportero nos llamó y nos dijo que no sólo se trataba de hechos reales, sino que se podían corroborar (incluso con nombres y apellidos), nos vino ese prurito que nos entra a las editoriales, cuando nos cae un trozo de oro del cielo, lo cual no ocurre jamás.

Es un texto grosero, lleno de vulgaridad, y un ejemplo claro de lo más políticamente incorrecto imaginable, lo que nos pareció una gran novedad. Además sus personajes demuestran al final su dudosa moralidad, por mucho que el narrador la pregone, lo cual nos llevó a una idea magistral: que la presunción de inocencia hay que demostrarla incluso en las personas de bien, y que Dios nos libre de las buenísimas personas.

Se nos ocurrió la brillante idea de editar el manuscrito, sin pasar por un buen corrector, como si fuese un ejemplar único de una *Antinovela*, simplemente echando mano de las cursivas para prácticamente todo lo que pudiese ofender a un lector «normal». Su ausencia de destreza con el lenguaje es total, y en nada nos hacemos responsables de las malas influencias que pueda tener (nos referimos al aspecto más pedagógico que toda novela pretende, que es mostrar cómo se hacen cosas con las palabras, en toda su dignidad).

El bien queda bajo sospecha, y sobre todo al final (que hasta al lector más ingenuo no se le podría pasar), se verá la mediocridad no sólo de su narrador, sino también de sus personajes.

Parece que alguien hizo suya la frase que reza: «El truco está en no estropeárselo a quienes no entendieron la broma», pues de ser así, nadie hubiera encontrado la llave del cajón en el que tal vez, esta *Antinovela*, hubiera tenido que descansar por toda la eternidad.

Esta es la historia maldita de un texto horroroso (decimos «horroroso» porque también lo hemos encontrado), titulado *Hacia una mayor convivencia*, escrito indecentemente por alguien que jamás debió pensar en llamarse escritor.

Harto de leer novelas de héroes basura, y desmoralizado por la proliferación de fantasías, realista como yo solo, cayó en mis manos un verdadero Titán, hecho de carne y *hueso*, y así, en treinta días naturales (ni uno más, ni uno menos, y certificado ante notario) me he propuesto escribir su historia, a toda velocidad, y antes de que salga publicada su obra *Hacia una mayor convivencia*. He calculado a siete folios diarios, descansando los domingos, que son seis días por cuatro semanas veinticuatro, por siete folios ciento sesenta y ocho. Lo exacto para lo que quiero, sin florituras. Así, al mismo tiempo que ofrezco al mundo dicha crónica (como nunca he escrito nada...) demostraré que no hace falta ser escritor para contar cosas, es más ni siquiera hace falta aprobar el bachillerato.

Acostumbrados a que el héroe sea elevado por su cronista, no ha de ser este mi caso, pues voy a contar lo sabido tal y como me lo relataron sus queridos allegados —que tomé buenas notas—, sin embellecerlo ni poner nada de mí mismo: tal es la categoría de mi Titán —pese a su humildad—, que su vida podría ser contada por cualquiera, y al dictado. Luego ya hablaremos con un buen tipógrafo.

.

PRIMERA PARTE
Incluye Primera, Segunda, Tercera
y Cuarta Historieta

PRIMERA HISTORIETA:
presentación de Severo y Julito

Redacción primera: el gorila vence al lagarto
(Me propongo practicar el estilo)

Severo, no te preocupes, yo seré tu narrador.

Severo, que es el nombre de mi hombre, miró hacia la cornisa del cine Liceo después de cerrar su cierre metálico. Allá arriba, cumpliendo con su deber, estaba Rosendo el electricista, su compañero y amigo, su paisano y el único extraño que entraba cuando quería en su casa. «No te me caigas —le gritaba Severo cada noche— que tres metros por cuatro pisos dan veinticuatro». Cada noche Rosendo debía salir a la cornisa para desconectar el conmutador central, tras la última sesión, vaciado ya el local. Severo era desde hacía años el lustroso acomodador, y Rosendo, un simple empleado que hacía las veces de electricista porque era muy avispado. De esa manera exacta se despedían cada noche los leales amigos.

Corriendo como un Sputnik llegó Julito, el más pequeño de los cuatro hijos de Severo, y el preferido por lo que se verá —que ya aviso, tiene que ver con sus dotes—. Como cada noche cogidos de la mano caminaron por la acera *buena* de la Avenida de los Mártires, y cada lunes, como habían cambiado las películas, Julito le preguntaba a Severo, para luego, cualquier otra tarde ir al cine, si su padre daba el visto bueno. «¿Godzilla contra King Kong?» —chillaba Julito con los ojos de niño que ha visto al monstruo absoluto— «¡papá… papá… papá… por favor, por favor, por favor!». «Ni hablar, hijo» —le educaba Severo apretándole la mano como si hubiese allí un interruptor para garantizar más el éxito pedagógico—. Le explicó, como siempre, que las fantasías no son para niños, y que hasta que fuese mayor sólo vería películas «de esas cosas que pasan de verdad». Julito aceptaba, a medias, pues ya doblegaría él esa firmeza con sus encantos, o haciendo valer la ventaja de ser el favorito.

Llegados a la Fuente de las Ranas —llamada así nadie sabía el porqué— bordeándola por la izquierda, entraron en su hogar, un decente pisito de la calle Elena Tamarit. Severo no paraba de fumar, como casi todos los hombres, y algunas mujeres modernas, en los años sesenta. Como cada noche Julito se paraba en cada peldaño, y no subía uno solo sin que su padre le diese un cachete en el culo. Ese era el juego que tanto gustaba al crío, y a Severo, que también lo mostraba pero con adulto disimulo: «Julito, que no cenamos, que tus hermanos son buitres carroñeros». Severo sabía que no era la boca grande de sus hijos lo que hacía el plato pequeño, sino la manera gurrumina que tenía mamá Juana de contar patatas.

Mientras cenaban Severo —como siempre— no pudo escaquearse de contar la película, pero en aquellos años con la sesión continua se proyectaban dos, así que, eligió la otra, la más educativa: yendo para adelante y retrocediendo les contó cómo Manolo Escobar enamoraba a Conchita Velasco entre canción y canción, junto al mar. «¡Papá!», protestaba la prole, mientras Juana y Cloti —la única hija entre los tres varones—, adolescente y muy precoz, mentalmente, se ponía en el papel de Conchita Velasco que era una azafata muy mona o algo así. La incansable Juana y su hija Cloti recogieron la mesa, pues los hombres de la casa estaban rebajados de ciertos servicios, como solían decir: dicha norma era usual por aquellos años, pero contemplaban dicha regla como simple costumbre, sin maldad. Luego les contó que tuvo que echar a unos niños maleducados que desde la Preferencia escupían al Patio de Butacas, acertándole a las cabezas de los padres respetables de la sala. De Severo se decía que era gran acomodador, y que lo mismo parecía un general con su traje de franela con hombreras doradas —lo que le valía propinas de las parejas—, que un Policía Nacional dándole un mamporrazo con la linterna a la cara de un chaval: eso, que yo sepa, se decía, pero nadie lo vio nunca.

Luego ya delante del televisor, cuando el púgil que debía enfrentarse a Urtain —vasco de pura raza, creo que en todos los sentidos— salió al ring, todos se quedaron boquiabiertos mirándolo como si en la tele se hubiera metido un monstruo, pues debía de medir más de dos metros, y según Julito había oído que decían en el colegio «que por pocos gramos no llegaba a doscientos kilos». Los hombres de la casa animaron al vasco con fervor, y Severo le miraba con atención, como si quisiera memorizar cada golpe, y eso que era hombre pacífico incapaz de levantarle la mano a nadie. Todo el mundo sabe cómo acabó dicho combate. Urtain era un machote que lo ganaba todo, así que, qué voy a contar yo de aquella noche. Ya en la cama Juana abrazaba a Severo y este fumaba su último pito en la cama con el cenicero en su pecho, lo cual excitaba mucho a su mujer «que no se es hombre si no se fuma», decía cada vez que veía a uno de esos *minguillas* que rechazaban dicha norma. Severo miraba al techo y se abandonaba a su debilidad por recordar las cosas, y ahora sin ser visto disfrutaba de una escena en la que King Kong literalmente destrozaba a Godzilla, abriéndole las fauces hasta quebrarle las mandíbulas. Amante era Severo de la fantasía, por mucho que la veía problemática para el futuro de sus hijos, y la escondía. Incluso en silencio, muchas veces pensaba que otro destino habría gozado, de no haber sido un empedernido soñador. Antes de darse un matrimonial beso y dormir tuvieron una pequeña conversación:

—¡Qué bien equipado está nuestro Julito para los estudios! —le decía ya con la luz apagada—. Si supieras las cosas que me pregunta. ¡Con ocho años!... A veces no sé qué contestar.

Estremecida Juana de pies a cabeza daba gracias a Dios, para sus adentros, pues era Severo de esos que se muestran ante el Creador intransigente y serio. Tras ponerse casi cien gramos de crema nocturna —no por ser coqueta, sino para tapar los agujeritos que la viruela le había dejado de niña en la cara—, metió su cuerpo estrecho por todas partes menos por el trasero, entre la hombría inmensa de su Severo. Acurrucada Juana pensó que tanto tenía su Julito de lumbrera como de distinguida su Cloti —que también Juana tenía su preferida—, y entre las dos cosas, ella, sin aspiraciones y habiendo salido a los once años de la escuela, prefería la segunda, la distinción.

—Querido, ¿me has traído la librea sucia? Te la lavaré mañana —y con ese sentido práctico del ama de casa que no descansa:— ¿Has bajado la tapa del váter?

—Pues claro —contestaba Severo cada noche, que era hombre moderno, de los que ahora hay muchos, pero que en aquellos años…

—¿Y de la cadena… has tirado?

—¡Duerme, *jodía*!

Y redacción segunda: los gorriones-rana
(Propuesta: afianzar el estilo y explicar el amor
de un padre a su hijo)

Era muy temprano cuando llegaron a la venta La Curra como cada domingo, y eso que el motocarro les había dado guerra para arrancarlo. Muchos años desearía Severo tener un coche, pero ¡señores!, aviso: en su lucha por sacar a flote a su familia, dos veces su felicidad perderá el equilibrio, aunque también digo, que por su carácter dos veces se levantará sobre la adversidad. Para eso es el Titán que yo he escogido. *Bueno que* como les gustaba oír los pajarillos cantar, como a toda la gente sensible, madrugaron, pero esa mañana no iban a escuchar dichos gorgoritos, pues Severo quiso antes *templar* el estómago arrimándole a ese órgano un hirviente carajillo y una copa de aguardiente. Julito pidió su batido de huevo caliente y se sentaron en una mesa, pues Severo llevaba preparada una lección para metérsela a su niño en la cabeza. Habló bien Severo, aunque muy profundo tal vez para la mente de un niño de ocho años, pero él sabía que asediar las orejas era una victoria pedagógica, y que más adelante el crío, con efecto retardado ya comprendería. «Cortando cojones se aprende a capar», fue lo último que le dijo, y creo yo que esto estaba un poco fuera de lugar.

Como la Naturaleza no espera ni a Dios, cuando salieron de la venta el sol había recogido ya todos los cánticos, hasta los de la vulgar gorrionada. Como había llovido la noche anterior iban *a dos manos*, él a espárragos y Julito a caracoles, pero uno detrás del otro, y sólo por las murias de piedra que los agricultores hacen para allanar en bancales. «¡Papá, mira qué gordo!». «Es un caracol macho, ¡es un moro!», le explicaba Severo que no sabía lo de los hermafroditas, o sí que lo sabía, e intentaba alejar a su niñito de todas las «macabras desviaciones», como decía siempre que veía a cualquiera que… tuviera cualquier rareza. Luego con las manos ya hechas un Cristo por las púas terribles de las esparragueras, Severo quiso competir exhibiendo una captura de un dedo de gorda. «¡Mira, hijo mío, con un par de estos haces una tortilla». Eran muy felices.

—Julito, tienes que estudiar mucho cuando seas mayor— recordaba Severo, entre espárrago y pinchazo lo que había dicho a su Julito en la venta, que ¡qué gran habilidad tenía Severo para recordar, como luego se verá, qué memorión!— y no te preocupes por nada, que tu padre ya trabajará día y noche, para que tú seas algo en la vida.

Y era verdad porque cuando no estaba en el cine, por las mañanas y todos los fines de semana por la noche, hasta las tantas trabajaba en El Marisquero, un bar de renombre con mucha gente, donde no se paraba de dar comidas y tapas.

—Mira qué burras son tu madre y tu hermana, ¿eh, Julito? Tú no te hagas como ellas y a estudiar.

—¿Verdad que la Cloti es una chaparra? —le había preguntado el crío inocentemente.

—Eso no tiene arreglo, hijo, además para lo que tiene que hacer, en ciertos sitios, que cuando seas mayor entenderás, todo se iguala —miraba a su hijo con ternura, y los ojos de pronto se llenaron de miedo, y se acercó hasta casi ponerse cara con cara— hijo, lo peor es que a las dos les gusta Julio Iglesias, me refiero a cómo canta.

—A mí también me gusta —contestó Julito. ¿Qué podía él saber con ocho años?

—Calla, hijo, calla. No digas barbaridades —se había quedado mirando Severo a través de la ventana que daba al aparcamiento de la venta, sin saber qué decir. ¡Qué difícil influir en un niño! Y odió a Juana por un momento. Hasta que su cara dobló otra vez a la ternura, pues la amaba, como hacen los hombres verdaderos con sus mujeres.

—Tú eres como yo, hijo, como tu padre —le decía ya por última vez, a punto de dejarlo, pero contumaz como era con la educación probó una vez más, y entre pinchazo y pinchazo ahora le recordaba—. ¿Sabías que tu padre cuando tenía tu edad se habló a sí mismo de «tú»?

Julito no entendía nada, aparentemente, porque ya, ya veremos luego, qué es eso de «hablarse a sí mismo de tú».

Y en este momento, al no saber concluir fue cuando le había dicho eso de «cortando cojones se aprende a capar».

Cuando les vino el hambre, con casi dos kilos de hermafroditas el uno y dos fajos de espárragos salvajes el otro, se pusieron a lo de siempre: con un trapo negro y un palo cazó Severo cuatro ranas de las de antes —¿«cazó» o «pescó», cómo se dice cuando te cargas un anfibio?—. Julito chillaba de la misma manera como hacía cuando en una película la policía detenía al malvado. Severo, que era nada menos que hijo de andaluz y peón caminero, les cortó la cabeza con su navaja y las despellejó, siempre a los ojos de Julito, para que de mayor cuando tuviera sus hijos, pues eso. Era negra y nacarada, y tenía junto al seguro estrellas de plata, y fue el regalo que Rosendo trajo con afecto una vez de la mejor fábrica de Albacete de cuchillos y navajas. Levantó Severo la cabeza e hizo ademán de olfatear una presa, y siguiendo el rastro de un olor llegaron hasta una fenomenal paella custodiada por sus propietarios, una familia al completo, aunque «de una sola nuera», se dijo. Aún no habían echado el arroz. Para Severo había familias de Una de Dos, de Tres o de más nueras, según (clasificación que incluía a los yernos): «seremos una familia del Cuatro», decía siempre.

—¡Buenos días tengan! —saludó Severo al padre de la familia, que con delantal y cucharas de madera manejaba el fuego.

—¡Buenos días!—contestaron cada cual a su manera, pero educados.

—¡Vaya pinta que tiene eso! —comentó Severo sin soltar la manita de su hijito querido— ¿no será de conejo y pollo?

Como le dijeron que sí, y aún faltaban unos minutos de cocción, educadamente como era él, les pidió permiso para meter en ella, «nada, unos gorriones que había cazado», y le echaba la culpa a Julito, «¡este crío es que no me calla!», y para más credibilidad le dio un coscorrón del dos. Y así lo hicieron, con algo de disimulo, en un rincón metió Severo sus ranas a que cocieran, y aceptó triunfador un trago de vino de una bota bien curada, que le supo a gloria. ¡Ay cuando la única nuera que había denunció la guarrada!: «¡Son ranas, son ranas... ya podéis tirarla!».

El padre cocinero, arengado por la nuera que era muy mala, y dos de sus hijos, sobre todo el casado que era obrero de la construcción, con esas manos que producen dramas en la cara, les apalizaron de lo lindo. No respetaron ni a Julito, al que le dieron patadas que produjeron contusiones, atrás, y luego en la cara, cuando salió despedido contra las piedras. Escaparon como pudieron, no sin que Severo metiera las manos en el caldo hirviendo para recuperar los «pajaritos». Ya salvos, pero desmoralizados, y despagados quemaron las ranas con un mechero y las metieron en pan, y con un poco de zarzaparrilla que les quedaba se las comieron.

En el motocarro Severo cantaba una canción de Manolo Caracol, pues aunque era murciano, llevaba el flamenco en el corazón por parte de padre y madre. Luego, a punto de llegar al pueblo tuvieron una conversación:

—Hay dos tipos de hombres, hijo mío —enseñaba una verdad algo arriesgada para la edad del educando, una verdad que había leído una vez en el diario, palabras que su cerebro había manipulado hasta hacerla... ¿cómo sería?... algo fea—, por muchas vueltas que le des al mundo hay dos tipos de personas: Dirigentes y Menospreciables.

«Menos apreciables» había leído, pero por una vez la memoria prodigiosa le había jugado una mala pasada. Pero no había mala intención en mi Titán, sino amor, anhelo de futuro para el elegido de la familia. El término exacto dejaba de tener importancia si el resto del mensaje estaba claro como el agua.

—¡Yo seré Dirigente, papá! —gritó Julito, lo que desplazó imperceptiblemente las comisuras de los labios de su mentor casi nada, pero la felicidad que a ello le correspondía era infinita.

¿He dicho que tanta felicidad se truncará dos veces?... sí, creo que sí. No importa, lo repito: la felicidad se truncará dos veces. Padre e hijo llegaban a la escalera de casa como cada domingo a media tarde, cuando comenzaban los partidos, que dicha tarde se prometían excitantes.

—No vamos a contar nada a mamá, ni a nadie de lo de la paella —ordenaba aunque de manera suave a Julito, sin abandonar el tono didáctico que como se ve ya tanto le caracteriza—: diremos que nos hemos caído. A veces no se puede decir la verdad: lo aprenderás con los años.

—Papá, ¿sabes que Cloti sale con un chico? —se le chivaba Julito, que parecía no haber escuchado nada—: tiene novio, yo lo he visto.

Era la hija mayor de Severo. Sintió el peligro. Le corrió por el tuétano un respingo. Miró el interruptor de la luz de la escalera durante casi un minuto, como si quisiera encenderlo con la mirada.

—¡Vamos papá, que te duermes como el abuelo!

Y comenzaron el juego, de «a cachete por peldaño», doce por piso, y nada menos que hasta el cuarto.

Así es mi Titán, señores, y yo lo encontré. ¿Qué les parece?

SEGUNDA HISTORIETA:
el hombre que de niño se habló de «tú»
(Aún no he explicado qué es eso de «hablarse de tú»)

Redacción primera: la fidelidad
(¡Hala! Ahora me propongo hacer notar el sufrir
de mi Titán. A ver si me sale)

Un par de años más tarde Severo y su íntimo Rosendo (que ya he dicho que era electricista) salieron juntos del cine y lo cerraron. Era inusual que Julito no viniese a recoger a su amado padre, aunque ya no era lo mismo. Era más mayorcito y algunos días Julito se quedaba a hacer sus deberes, como buen hijo, pero esta noche no era por eso por lo que no había venido.

—¡Qué fiebrón me ha cogido Julito! —le comentó Severo al electricista mientras le daba fuego de malas maneras, que casi se lo quema (¡el bigote!).

—Pues ya sabes, cuando se le pase será medio metro más alto —exageraba el otro desde su perspectiva de padre, también. Todos los padres sabemos de eso.

Pero no era esa la preocupación que arrastraba mi Titán por la Avenida de los Mártires, cabizbajo como iba, lo que al ser chepudo aún quedaba peor. Iban ambos encaminados hacia sus *respectivos sendos* hogares benditos. Rosendo, modelo de hombre y amigo, le dio conversación:

—¡Vaya peliculón que ponemos esta semana! Porque la próxima… ya sabes, como todos los años ¡hala!... *Marcelino Pan y Vino*, y *Los Milagros de Nuestro Señor*.

Compartían ambos el odio a los curas, a toda la beatería propia de aquellos años, y la Pascua que se avecinaba imponía su rigor de silencio, meditación, tambores y nazarenos, *clavariesas* con peineta, capuchinos y sobre todo, cada noche una procesión. ¡Qué asco más legítimo sentían ambos!

—Cuando el Cobra —comentaba Rosendo la película de acción— está en la prisión, y sólo tiene una bala —se le escapaba la emoción que llevaba almacenada—, y con un espejo a través de las rejas dispara, y acierta a la vela, dejando a los malos sin luz, y sale con esa habilidad que tiene para abrirlo todo, y mata a todos y…

Severo, en cambio, no compartía dicha «inocencia»: más alto era el listón al que apuntaba su espíritu superior. Pero era su amigo del alma, y sabía que el corazón le pesaba un quintal, por lo que no le chafaba. No iba él a abusar de la dotación natural de su inteligencia. Así que chupó para darle alquitrán a sus pulmones, y asintió. Mientras el electricista señalaba en el aire cada puñetazo del Cobra como un chiquillo, Severo se adentró en su propia alma, en sus adentros. «Pobre Rosendo» —le disculpaba leal y sincero— «mira que de las dos películas quedarse con el

Cobra. ¿Cómo queremos que se arregle el mundo?... *Ben Hur* ¡Qué impacto! ¡Qué peliculón!... ¡una película histórica! Si los romanos no se hubieran extinguido... ¡qué leyes! ¡Qué sentido práctico!... ¡qué acueductos!». Su lujoso cerebro analizaba el legado que habían donado a la posteridad, y al tiempo veía a Charlton Heston, y le envidiaba, amarrado a una galera, sin perder jamás el talante, sin olvidar a su familia encarcelada. Esa película sí que elevaba la moral, daba esperanzas y castigaba la vanidad del amigo Messala, «un cabrón de tres al cuarto que además luego era un mierda», refiriéndose a la famosa carrera de cuadrigas, pensaba. Pero no dijo nada a Rosendo. Así es la superioridad: si te vanaglorias de ella, la pierdes, eres uno más.

Entraron en su portal y tiraron *las colillas sendas*, y Rosendo escupió al suelo también, —que estaba muy sucio— un sanguinolento esputo. Sabía que si seguía fumando acabaría en el cementerio, pero en aquellos años... Subieron al primer piso, y en el descansillo ya en la puerta de su casa le dio en la espalda una palmada a Severo, tan amiga que casi me lo derriba:

—¡Joder, Severo, no te preocupes! —así de esa manera le auxilió con camaradería—: que las cosas de la vida son así.

—Ya sabes que yo quería...

Rosendo se metió en casa y no quiso escuchar.

Tres pisos le quedaban a nuestro amigo, nada menos. Como le pesaba mucho su dolor interno, le pareció que subía al Everest (ese monte tan alto que está en Asia). Ya del tercero al cuarto sintió un alivio a medias, era Amparín la peluquera: la vecina de carnes blancas, que siempre con bata se paseaba como desatendida por su marido, y que ahora bajaba muy fresca con la basura y con un pito (era de las pocas tías que fumaban). En un instante gracias a la luz blanca de la escalera pudo verle las rodillas y los muslos, sin medias. Todas las mujeres peluqueras o *esteticienes* suelen parecer como... emputecidas ¿verdad? ¡Qué *redondeces*, y cómo olía a jazmín, olor que dispersaba el olor de las basuras que cada noche invadía a esas horas la escalera: las estelas de infames olores, las de los novios que abandonaban por una noche sus cortejos «bájese de paso usted la basura». Después cuando se casaban ni se les hablaba de usted ni bajarían nunca más la basura. Severo se dejó rodear por el humano deseo, que lo sintió hasta en la bragueta, y no pudo evitar clavarle los ojos en el pecho. Parecía que la bata fuese de una talla muy pequeña, la de la enana que vivía arriba del todo, por ejemplo, que trabajaban toda la familia en el Bombero Torero. Se le salían las bufas, y se averiguaba que no llevaba nada debajo, salvo el sujetador blanco, que era nada respetable, y que de sexy que era parece que en vez de sujetarlas te las tiraba a la cara. Esta visión le arrollaba moralmente. Pensó en las bragas que «vete a saber cómo serían», y a las que sólo su marido tendría acceso directo. A mí me pasa igual. Sólo los hombres sabemos de dicho sufrir: la vecina que vive en mi mismo descansillo un día… no viene al caso.

—Buenas noches *Seeveeroo* —dijo la casquivana, con retintín.

—¡Buenas noches! —repitió Severo con exquisita educación.

Sólo se giró una vez para ver bajar el culo de «dicho monumento», y resopló, y como dolorido por dentro, en sólo doce peldaños que le restaban para ingresar en su «fortaleza» como él decía, teorizó a la altura de su estatura (que no parece que sea un triste camarero): se dijo que él no era como esos hombres que se dejan llevar. «¡Hay que contenerse!», parecía querer aconsejarle a toda la humanidad depravada. «¡Contenerse!» ese era el verbo que le hacía tan diferente. Y si «la Amparín era una perdida», no iba a ser él quien ofendiera al «palurdo» de su marido. Él sabía, sin género de dudas, que no podría pegársela a su Juana con la vecina, por mucho que le apetecía, y que incluso no estaba seguro de poder hacerlo aunque supiese al mil por cien que Juana no iba a enterarse. Pero parecía que sus preocupaciones se le habían evaporado por ese momento, se había destrabado: todo lo degustado con la imaginación se acabó de golpe cuando metió la llave en la cerradura que abría su fortaleza.

Redacción segunda: *dos cajones y la «travesura» de Cloti*
(Me había propuesto escribir a seis páginas cada mañana,
por treinta y cinco días...)

Yo no quiero que quien lea esto sienta que le quiero convencer de algo. Las novelas modernas muestran, no sientan cátedra. Yo no quiero llevar a nadie de la mano, sino que saque cada cual sus conclusiones.

Sigo.

No quiso su plato de aceitunas rellenas, Severo, y rehusó también su vasito de vino, que cada día tomaba antes de cenar. Juana, que se había puesto muy guapa le dio un beso muy bonito y le mostró su falda almidonada, y su pañuelo de seda rodeando su esbelto cuello, y la blusa nueva blanca, muy coqueta: todo ello decoraba con justicia cada rasgo de su indudable distinción ¡qué piernas tenía más bien torneadas! Pena que le hubieran salido las varices casi cuando era *guaja*: a Severo le daba siempre un poco de asco tocárselas, pero le excitaba mucho su mujer, una vez por semana. Juana le dejó, pues sabía que bastante tenía el pobre esa noche. Severo se preguntaba cada noche por qué toda la casa olía a sudor, como si veinte sobacos de hombres de la construcción hubiesen hecho carreras por el pasillo (para escribir he nacido). Se sentó en su cama a solas. No había querido mirar al comedor cuando lo cruzó con su paso decidido, y aunque sabía que le estaban esperando se hizo de rogar, pues mucho era lo que se le pedía, muy grande era el sacrificio que la sociedad a la que él «tenía el honor de pertenecer» —decía— ahora le encomendaba. Miró su mesita de noche. Tenía dos buenos cajones: en el de arriba guardaba su futuro, y en el de abajo su alma. Abrió el de arriba y sacó la cartilla de la Caja Rural y sintió el escalofrío: casi un millón de pesetas sacados no del ahorro, sino de la austeridad, de frenar sus apetitos, de quitarse las ganas. Cada anotación de la cartilla era un exhaustivo extracto de sus «estrechuras». La guardó en un bolsillo y se levantó de la cama, pero antes de apagar la luz de la habitación miró al segundo cajón: el alma del «niño que un día se habló de tú» estaba allí, el único tesoro que ahora le quedaba. Sonrió, imperceptiblemente, casi con guasa, se paró un segundo, le cambió el gesto hacia la determinación, y decidido, como buen soldado se encaminó hacia el campo de batalla, que estaba en el comedor.

—Mira, papá, este es Raúl. Raúl, este es mi papá —presentaba Cloti así a su novio.

Durante un rato se mostraron a la altura de su hogar respetable y todos bordaron su educación con halagadoras palabras, lanzadas a discreción de unos contra los otros. «Lástima que tan bonita mesa fuera para darle un disgusto», pensaba Severo, «¡Qué mierda, Dios!», pero hablaron con educación exquisita, y él acariciando su mentón, aunque la decisión estaba tomada, se hacía así como de valer y educaba a su hijita hasta que se fuera de casa hecha una mujer —retrasar el donativo era el último regalo, la enseñanza que dicta que hay que valorar lo que cuesta conseguir las cosas en esta vida—. Les dio la cartilla para que hicieran con ella lo que quisieran. Cloti la besó y la apretó contra su pecho, que ella sabía lo que significaba para su papá, la cartilla, digo, y Raúl dio las gracias. Con ella darían la entrada para el modesto piso («por algo se empieza», decía Juana besando a su futuro yerno). Incluso creo que les llegaba para conseguir todos los muebles para la casa, aunque los seguirán pagando durante cinco años «y un día», como los graciosos decían. Ellos hubieran preferido aquel almacén de moda, Hermanos Magán, donde los había más lujosos, más acordes con su correspondiente vanidad social —lo cual es comprensible—, pues eran de los emergentes, pero sólo García Marín daba plazos, aunque te cagabas de los intereses... así que en el diecinueve de los Mártires firmarían mañana mismo las letras.

—¿Cómo has hecho esto a tu padre? —increpó Severo a su hija en la cocina, a solas, mientras sacaba esta del frigorífico una tarta poco elegante, para lo señalado del día, que Juana había preparado a base de mantequilla y galletas María. No era muy lista Juana. *No obstante* tampoco era buena cocinera—: sabías que el hijo de Rosendo era mi ilusión...

—Papá, el hijo de Rosendo gana el dinero que tú digas, pero es medio hombre…

—¡Niña, que te doy una hostia! —amenazó Severo con razón, porque aunque sus principios eran incuestionables, seguía siendo un hombre, el dueño y señor de aquella casa, y respetaba al electricista—: el hijo de Rosendo es un electricista que con sólo un destornillador gana diez veces lo que tu padre sirviendo mesas y rellenando vinagreras.

—¡Sí! —se reafirmaba la enamorada, pero en forma de guasa—, eso es seguro —dio una palmada para apuntalar la audacia de chillarle así a un padre, que pueda parecer en esta escena un poco pardillo—: ¡es medio hombre!... un electricista que te pide permiso hasta para bajarte las bragas. Yo quiero a mi Raúl…

Ella, cuando Severo se calmó le explicó lo que en su época se estilaba, de lo que hablaban los jóvenes como ella, y de cómo después de hablar, era «natural» besarse en los reservados que había en el Bony, o en cualquier otro baile que se preciara de estar a la moda.

—No te preocupes papá, que allí no te conoce nadie —le explicaba para quitarle importancia: mostraba así a su padre las costumbres de la época, que chocaban frontalmente con la educación del patriarca—. En los reservados se está a oscuras, y todos los que están allí van a lo mismo: ¡a darse el lote! A comerse un filete, a sobarse… allí puedes hasta quitarte el sujetador…

—¡Calla, hija! —repitió casi llorando—. ¡Por lo que más quieras, calla! Y súbete ese escote que todavía vives en mi casa. No tienes los dieciocho… ¡oveja negra! —se lamentaba—. Además —cambió de plano sabido que por ese camino perdía una hija. Cloti era una Hernández y tenía un carácter…—, ¿cómo le conociste?

Y ella dejó la tarta encima del fogón entre la basura —y es que Juana nunca pasaba la bayeta—, y se lo explicó. Al parecer había sido en su viaje fin de curso, en un lujoso destino turístico de moda, con sus compañeros de estudios. Se enamoraron nada más conocerse e hicieron planes de boda. ¡Normal! Fue tan agudo el flechazo que no pudieron separarse. Él, que vivía en ese lugar, al parecer le mostró todas las maravillas (las que fueran, porque monumentos no había), y fue tan desprendido con ella «que pagaba todas las consumiciones en nuestras salidas, y mira que está allí todo imposible», pormenorizaba la menor muy detalladamente a su papá.

—Y figúrate papá, que me invitó a una discoteca que cabían cinco mil personas, con chicas en bikini que bailaban en jaulas doradas colgadas del techo, y con casi mil metros cuadrados de reservados, sin luz pero con lujo, y pagando un poco más te daban uno independiente, con puerta y cama…

—¿Pero qué coño has hecho? —preguntaba Severo, pero sin el menor gesto ordinario propio de aquellos años— ¿Cómo que fin de curso? ¡Si dejaste la escuela hace casi seis años…! Además, ¿cómo pudiste ir a ningún sitio sin que yo me enterara?

«Juana, Juana, había sido Juana», lo supo Severo. La leal esposa convertida en traidora, «la muy ¡guarra!» cuya actuación parecía darse siempre entre bastidores. Así es la existencia de cualquier alma inocente que deba tomar decisiones rápidas (me refiero a las mujeres de aquellos años), mientras el rey del hogar hacía horas extras en su puesto laboral, en el Marisquero. «¡Maldita sea!», dio un puñetazo imaginario y visceral. Al parecer entre ambas urdieron el plan de engañar al padre. Miró a Cloti que con la cabeza baja parecía sufrir de rubor.

—¡Con que al pueblo a ver a tus tías! —se lamentaba— ¿eh?

Nunca le había pegado en la cara y ahora era tarde, aunque le apetecía. Cloti por primera vez bajó la cabeza, con esa elegancia acorde con su educación, clase media alta. Y pese a lo que se pueda pensar, no había sido una farsa, pues le explicó que el viaje fue con sus compañeras de Peluquería, con las que hizo aquel cursillo que tanto le gustaba «Aprenda a marcar, cortar y peinar». Y siguió él preguntando, pues estaba en su derecho como padre.

—¿Y en Fuengirola? ¿Dónde está eso?

—Papá, perdóname, por favor —gemía—… sí, ¡qué tonto! está al lado de Marbella… en Málaga.

Severo no quiso saber más. Melancólico abandonó la cocina fingiendo paso de deshonra pero con entereza, y digo fingiendo porque como su vocación educadora no descansaba, con dicha actitud daba la última lección: ya enseñaría la precoz muchacha esa misma formalidad a su futura prole. «¿Acaso no estaba a punto de fundarse su familia del Uno?»… Pero estaba dolido, más que por los hechos de una chiquilla, por el engaño. Desde la puerta del comedor, allí a lo lejos —su piso era de los semilujosos: tenía un pasillo de casi diez metros de largo, aunque muy oscuro—, desde allá, como una reina, Juana en jarras pedía explicaciones de por qué no llegaba la dichosa tarta, y Severo con un mínimo gesto le dio a entender que no pasaba nada: tal era la comprensión sin palabras que unía a un marido y a su mujer. Severo entró en la habitación de Julito que estaba dormido y le besó en la frente, y sintió el escozor en el alma que todo buen padre siente ante un niñito con fiebre, aunque ya tenía diez años. «Ya tiene diez añitos…», se extrañó de cómo vuela el tiempo. Le habló a sabiendas de que estaba soñando con angelitos, en su personal cielo, o simplemente jugando en el campo, cazando gorriones, con cepos y una miguita de pan, rematándolos contra el suelo como él le había enseñado, o a pedradas. «No temas, *mi bien*, que tu padre trabajará para reponer el dinero, y tú estudiarás algún día, y serás el primer Hernández con carrera». Al fin y al cabo él siempre supo que con el talento de Cloti no se podía aspirar a nada: la veía emputecida, pero se le evaporaba el disgusto, pues no había maldad en ella, sino encantos florecidos que ponían a los hombres en fila. ¿Cómo reprocharle a la chiquilla su sistema sensorial? Mi hijita es igual hoy día, y los padres no podemos hacer nada. Menos mal que es feíta. Entró Severo en el váter y se puso a orinar. Todo parecía cuadrar hasta que arengado por la inteligencia de que gozaba, como un detective de pipa, cheviot Príncipe de Gales o cuadritos y capa (como un Sherlock Holmes), salió casi sin sacudírsela ni nada, y a zancadas recorrió el pasillo, que por la premura que le acuciaba se le hizo eterno, y *que además era por demás* bien estrecho.

—Cloti, ¡júrame ahora mismo que no estás preñada! —le chilló delante de todos.

Se armó un escándalo porque la perspicacia de Severo había destapado la ofensa, pero tras un tira y afloja en el que cada uno sacó lo mejor que tenía de sus respectivas educaciones —para lo escabroso del momento—, se sentaron como seres civilizados, y sólo una vez increpó al tal Raúl de hombre a hombre, el que «antes de emparentar con ellos ya les había dado un disgustazo», como le dijo.

—No se dé esos aires, que usted es un camarero como yo —protestó el recién estrenado yerno, muy a las malas ¡el de Fuengirola! «¡Qué aires se daba!», pensaba Severo, para ser de clase tan baja, y se defendió orgulloso—, ¡joder! que aunque ahora esté en paro, la decencia no te la quitan por eso…

Carmelo y Dani, los otros hijos de Severo se arremangaron como para darle, pero un solo guiño del padre bastó para sentarlos de nuevo, que aunque impulsivos Severo era quien comandaba la familia, salvo en lo doméstico. Daba a entender Severo que ya haría lo que hubiera que hacer con los nuevos esponsales. Carmelo y Dani lucharon un rato por apurar las aceitunas rellenas, y protestaban a Juana por no ser marca La Española, la marca preferida de los Hernández. De pronto sin aviso, Juana, la segunda de a bordo con un gesto les liberó de estar allí, y salieron ante la incredulidad de Severo. «¡Déjalos que vayan al bar que aquí ya *semos* bastantes!» ordenó Juana que despachaba pocas veces, pero que cuando lo hacía, su marido comprendía que sus motivos tendría. Severo, como todo hombre moderno contemplaba dichas reglas, aunque en aquellos tiempos era todavía una ilusión: la de que ambos —marido y mujer— fuesen iguales. No se daba cuenta en ese momento de que al delegar democráticamente parte de su superioridad se convertía en pardillo: a sus espaldas, a espaldas de sus creencias —que es peor— se iban todos los miércoles a un descampado a tocar la corneta el uno, y el tambor el otro, para la Cofradía de los Olivos, lo que les acercaba a Dios exactamente los mismos metros, que les alejaba de Severo, que no sé si he dicho que era de derechas, aunque ateo. Así era el equilibrio en el que una mujer de su tiempo se ocupaba de la Inmanencia, de las pequeñeces del hogar, mientras el marido ejercía su mando en la Trascendencia, en un justo y funcional reparto de roles.

Intercedió Juana ante el de Fuengirola, culpable «de la travesura de la Cloti sólo en parte». (Bien dicho, porque como dice —o mejor decía— el refrán «el hombre está para pedir, lo que la mujer no debe dar». Además, ¿no era un elogio que un hombre no pudiera frenar sus apetitos ante una Hernández de singulares atractivos, que hacía, como ya he dicho, una cola de hombres…?) Ella, la Juana, como decía, intercedió (llevaba una blusa de seda que dejaba entrever sus hombros bien moldeados, aunque por lo mismo, por ser ceñida, enseñara también la parte medio-baja de su vientre), estoy diciendo que como era tan comprensiva (Juana) aflojó, y Severo que la vio, comprendió que los tiempos cambiaban, y se doblegó, y dio el todo por el todo, y perdonó a la pareja dicha natural conspiración más vieja que el mundo, e incluso prometió hablar con su jefe para que le diera trabajo, de lo que fuera, «¡como si era tras la barra!», o pilotando el carrito de las vinagreras, misión por la que empezaban todos (tan grande era el Marisquero que un subordinado cada mañana reponía los aliños con un carro de dos pisos, ¡ah, y las servilletas! Que aunque eran de papel llevaban marcado con colores chillones el emblema «Marisquería: servicio con limpieza»). Todo menos que Cloti se fuese a Fuengirola. Juana y Cloti lloraron junto a las finas cortinas del comedor traídas en barco desde Algeciras, y Severo dio la bienvenida a los Hernández a su futuro yerno, y bebieron un vino de crianza que aunque no era caro para sellar el compromiso valía: tal era la sencillez severiana. Así era aquella sociedad mediterránea, aquel mundo de honor, de educación, de nobleza y de… honor.

Redacción tercera: la foto primera (del nuevo matrimonio)
(Llevo ya un montón de páginas y aún no he hecho una descripción física de mi personaje principal: no te preocupes Severo, que yo soy tu narrador)

Ahora va. Severo es (o mejor dicho «era», por aquellos tiempos «era»), Severo era de mediana estatura, pero cuando se estiraba parecía un caballero. Parecía que un sastre hubiera hecho su cara, porque sus facciones eran perfectas, y la seriedad que tenía era el esquema de las grietas de su cara, las grietas de su sufridor gesto. Caminaba con paso decidido, con la mirada al frente, como un militar, aunque tanto la levita de camarero como la sahariana de acomodador le colgaba mal por detrás, pues las preocupaciones le encorvaban. Cuando iba por la calle no había mujer que no le mirara o deseara, y hombre que no le temiera o respetara. Adusto, pero amable cuando sonreía, con el cabello ya lleno de canas y peinado hacia atrás, *hacía lucir* allí por donde pisaba, por eso era tan querido en el Marisquero. Como era hombre de poco comer (siempre prefería un vaso de vino, con unas aceitunitas rellenas que un plato de comida), sus músculos eran pellejos ordenados con distinción. Sólo tenía una cicatriz que ocultaba con vergüenza: un bayonetazo en el estómago que le dio uno de los suyos en una equivocación de trinchera, un moro medio ciego de la división del Sáhara.

No me es fácil hacer una descripción, y eso que Severo es de aspectos muy marcados. Sigo con mi historia.

Quince días hábiles tardaron en montar el dispositivo social necesario para parchear el decoro pisoteado por la «travesura» de Cloti. Severo, todavía, sentía como si la pureza desprendida de su hija fuese piel propia, y sentado junto a su maravillosa mujer, meditabundo, en una cafetería esperaban a que saliesen los *novensanos* del ginecólogo. «¡Qué adelantos!» decía Juana para sí, orgullosa de haber tenido a sus hijos en casa, salvo a Julito, que por su prominente cabeza había tenido que ser sacado en el hospital, por cesárea y de maneras un tanto violentas, después de intentarlo una vez con fórceps, y que según contaba siempre Juana con gracia hasta que se meaba, «no había manera de ponérselos sin pillarle las orejazas». Desde el principio —ya en el cuello del útero— despuntaba la inteligencia del más pequeño, si es que hay una relación estrecha entre el tamaño de la cabeza y la inteligencia, como apunta la joven ciencia craneométrica. ¿Quién lo sabe? Tengo yo un primo que… El caso es que Severo se enorgullecía de que sólo una vez un tocólogo hubiese metido sus manos en Juana, y en todo caso había sido en *exploración técnica*, porque sólo él la había tocado con las yemas de los dedos enamoradas. Severo pensó en eso y se estremeció.

—Siento *de que* este matrimonio no nos suba de clase moral —afirmó Juana, que hablaba muy mal, lo que dejaba clara una vez más su escasa cultura, aunque su cuna no había sido mala. En cambio sus maneras nada tenían o dejaban *de* desear, pues bebía su café a delicados sorbitos.

—¡Por Dios, mujer! —le rectificó su amado marido—. Se dice «clase social». Lo del «de que» Severo no lo veía tan mal.

¿Acaso se puede culpar a alguien del resplandor que la sociedad te ha negado?

Era la víspera del día nupcial y Cloti corría por la Gran Vía de Valencia, a riesgo de perder la criatura que portaba en una barriga inmensa, y sacó una ecografía y la mostró a sus orgullosos padres, instalados en su actualidad, radiantes de ser abuelos, orgullosos de estar en la capital, y ante la consulta de un inminente tocólogo, «y de pago, que nunca hubo dinero mejor gastado», diría siempre Severo al respecto, siempre egregio, como disimulando un tanto la alegría, para compensar la agitación en exceso de los demás.

—Es la foto del primer nieto.

—No —rectificó Severo— es la foto del primer Hernández *neo…nato*. ¡Qué ganas tengo de que llegue mañana! —gritaba la vital fuerza del patriarca.

Redacción cuarta: el día siguiente. El primer beso

Eran días de resplandor para los Hernández, pero no de ese resplandor blanco de la pureza, y que tanto enorgullece a quien lo porta, pues Cloti se casaba de azul celeste, y por mucho que intentaron que fuese el azul muy muy claro, la sutil distancia entre el azul y el blanco era tan abultada como la «ofensa», como la barriga a la que representaba, como esa barriga concebida de malas maneras. Estúpida era la moralidad de nuestro país, en aquellos años. Así era el influjo de las malas lenguas, que contrarrestaba el orgullo de toda la familia, contra las sonrisillas que lanzaba la «gente mala». Muy sincera era la dicha de tener dos nuevos miembros en la familia, el niñito por venir, y el camarero de Fuengirola, que ya prometía ser un «buen chico», según decían todas las mujeres casadas, y alguna soltera a la que Cloti hubiera estado dispuesta a partirle la cara, de oírlo. Contrastaba la algarabía de colores —oro, beige, hueso, pistacho, y todos los aderezos de colgantes, flores en el ojal y broches caros— con la severidad del traje azul marino de Severo (por lo que cuentan, imponía): alguien debía mantener ese a modo de semiluto de una celebración que por mucho que se esforzaran nunca sería completa.

Fue la boda en una de las mejores iglesias del pueblo, en la Arciprestal, y en la puerta se dio una pequeña inconveniencia: cuando Severo quiso quedarse fuera con Dani y Carmelo, para dejar claro que, aunque estaban allí porque formaban parte de los «respetables socialmente» (por no «hacerse de notar»), jamás un Hernández varón se doblegaría ante ningún Ser Supremo: «séase orgulloso con el poderoso» sentenciaba cuando quería zanjar dicho asunto. No sabía la que le esperaba. Así es mi Severo: un hombre capaz de ser inflexible unas veces y otras de cambiar. Dani y Carmelo, en cuanto Severo se despistó y encendió un pito con su amigo del alma —Rosendo, el electricista que tanto había deseado tener por consuegro—, se colaron a toda velocidad, hasta casi tropezar con las clavelinas blancas en su jardinera, lo único blanco que permitió Don José, el cura que era un carcamal. ¿Nadie podía suponer que un motín religioso se cernía sobre el patrimonio moral de los Hernández? Severo y su amigo se miraron desconsolados, siempre rectos e intactos en sus convicciones (no iban a montar un escándalo y entrar a rescatar a los esquiroles). Cuando Cloti llegó en su coche adornado con orquídeas azules, plena de entusiasmo legítimo, protagonista y reina por un día, sólo tuvo que lanzarle una mirada a su padre, ladear la cabeza, rozarle la cara con una imperceptible caricia para que se derritiera su dureza, y este comprendió que sus convicciones deberían esperar tiempos mejores, y con una lágrima en su rostro siguió al traje de su Cloti, casi pisándole la corta cola que lucía. Rosendo no entró, «no era esta su guerra», pensó, pero supo a ciencia cierta que hubiera hecho lo mismo. Eran los primeros hombres de una maravillosa tolerancia que nacía para orgullo de nuestra joven y correcta sociedad. Cuando Juana resplandeciente en su terciopelo verde vio a su marido respirando el mismo incienso y escuchando la misma *tintineada* que doctamente interpretaba Ricardito (el hijo de Amparín, la vecina de la famosa bata que tenía boquiabiertos a todos los maridos. Sí, quiero decir la peluquera), creyó enloquecer de rejuvenecido amor por su Severo. Hubiese jurado si alguien le hubiese preguntado, que era el mismo Dios —sin intermediarios— quien portaba a su marido de la mano hacia el sagrario, como un milagro personal, pago a sus años de torpes plegarias —ella nunca había aprendido bien a rezar, y nadie la podía culpar.

En el restaurante La Torreta, allí arriba, en ese pinar de sin igual y natural belleza, tuvo lugar el banquetazo al que asistieron ciento veinte invitados o más, entre compañeros de trabajo de Severo, su jefe con la elegantísima señora, primos y primas hermanos de Cloti, y primos segundos, vecinos y familiares del sencillo pero flamante novio, que en un minibús habían viajado desde Fuengirola, en un esfuerzo sin precedentes para sus modestas economías, que no precarias. Severo sintió sonrojarse por dentro, algo pomposo, se sintió un ser superior ante la modestia de los oficios de la familia malagueña: aparceros del campo, renteros explotados en los campos de los señoritos olivareros (no había ninguno que fuera agricultor por cuenta propia), e incluso algún tío mutilado de guerra, de esos que trabajaban en aquellos tiempos de guardas en los aparcamientos. Pero su naturaleza poco corriente no le permitió continuar dicho interior prurito y supo que somos todos iguales, y que el hecho de que fuese él quien corriera con todos los gastos debería llenarle de orgullo y no de rabia por el desfalco de su cartilla: sonrojado por la vergüenza de haber tenido sentires indeseables corrió hacia el padre del novio y delante de todos le dio un abrazo que hizo saltar las lágrimas de más de cuatro que hasta el momento habían disfrutado de los cotilleos. Y Juana, que tenía un don para alzarse sobre su incultura —caso de hacer mucha falta—, se lanzó sobre Raúla, la recién estrenada suegra de Cloti, la cual carecía completamente de distinción, e hizo lo mismo que Severo, la besó en la cara con lágrimas en la cara, aunque al retirarse de ella, absorbió aire por las narices, una vez o dos, y frunció la boca, dando a entender a sus amigas que pese a todo, una barrera la separaba (un muro impresionante que no lo trepaba ni...) a ella de «esa gorda». Severo se dio cuenta y se llenó de dolor por un momento, pero Juana, pese a que venía de una familia acomodada de comerciantes, nunca tuvo las herramientas con las que la escuela te dota para adquirir altura y clase.

Cuando sirvieron el melocotón en almíbar, sobre una abundante cama de piña en conserva de excelente calidad, se inundó el salón con un «¡oh!» general. Pocos habían degustado en sus vidas postre tan bien presentado, y menos todavía los de Fuengirola, acostumbrados a lo sumo a pestiños encharcados en miel rebajada en agua: con sólo mirarlos se veía que eran miserables y pobres. Sus corbatas más que símbolos de distinción parecían bichos de colores. Empezaron a aparecer las primeras mejillas sonrojadas, y fuese por el vino tinto servido en cómodos porrones, fuese por la felicidad que reinaba, surgió así el primer «que se besen» de rigor, en años de represión. Fue ensordecedor y Raúl se hizo de rogar, pero era tal la insistencia por el primer beso que se levantó, pasó su mano tras la nuca de Cloti, ladeó su cabeza, fingió retirar un velo que por supuesto no existía, y mirando al tendido —como suele decirse de los valientes—, con una pícara mueca puso sus labios sobre los de ella, los segundos justos para lo que es el buen gusto. Las *tías* se estremecieron todas. Tal fue la delicadeza como ella recibió la ofrenda y de amable, que de no ser por lo que era, todos hubieran pensado que la joven acababa de romper sus nupcias y abandonar un convento. Había mucho perdón en las miradas: ¿acaso no acababa de dar Dios su bendición y permiso para fundar una nueva familia? ¿Acaso Dios al permitirlo no había alisado un poco el bulto moral que los humanos no hacían más que exagerar?

El orgullo de Cloti por su padre llegó hasta el éxtasis cuando Severo descorchó la primera botella del Champagne Delapierre con profesional soltura, como nadie, e hizo la típica torre con nada menos que con doce finas copas, y arriesgadamente (a sabiendas que de romperlas debiera pagarlas caras) rellenó la improvisada fuente desde arriba ante el asombro de los mirones. Luego la ofreció a los novios y a los de Fuengirola en un acto de generosidad, en un bello turno que quedaría grabado en la memoria que tienen los corazones, aunque sean humildes.

Redacción quinta: *los camaradas camareros*
(Me propongo resaltar la sencillez de Severo ante la fama)

Con la caja de habanos enrollados en sus hermosas vitolas, fabricados por cubanos de *pura raza cubana*, se acercó Severo al rincón donde sus compañeros de trabajo del Marisquero disfrutaban del evento. Comandados por el propietario del afamado bar restaurante en el que ya hacía veinte años que trabajaba, casi firmes le recibieron con aplausos y muy chulos encendieron sus puros al unísono. Dieron taconazos en el suelo como militares. Severo, con el permiso que le daba ser el responsable de su apellido, *abrazarose* a su jefe del cual recibió un sobre con «una ayudita para la pareja»: no hubo diferencias *raciales* ese día, en un alisamiento de clases sociales sin precedentes, en un cálido mestizaje social. Severo elevado a la categoría de líder por la gracia de su hijita satisfacía a todos por igual, y se sentó con los de menor rango en la mesa (junto a los *lavaplatos* y al chico don nadie del carrito, al que reponía las vinagreras cada mañana), y desde allí dirigía sus palabras enardecidas para todos los compañeros de trabajo del bar.

—Nuestro jefe recordará —refiriéndose a este como establecía la educación— hace un par de años, o más, el día que entró Manuel Fraga por la puerta del Marisquero —comenzaba Severo su anécdota con el corazón abierto de par en par— y se dirigió hacia mí con mucha naturalidad: «a ver chaval, nos traerás lo mejor que tengas».

—¿Te acuerdas, Severo, que *venía muy bien acompañado*? —preguntó el jefe ante la atención de todos sus queridos subordinados, que reían siempre dicha ocurrencia.

—¡Calle, calle… cómo lo iba a olvidar! —y seguía Severo bastante locuaz—, si casi me caía de cómo las piernas me temblaban, que ni las sentía como mías. ¡Y que ese día no teníamos nada de marisco…! Pero no nos amilanamos. Pusimos en marcha la maquinaria y mandé a Joselito… Joselito… sí, hombre, sí… Joselito —explicaba para los que perdían el hilo—: el chaval que se mató el año pasado cuando retejaba una casa… —«Joselito, Joselito» repetía y repetía a los más desmemoriados—…sí, hombre, que hacía horas extras de lo que fuera, como todos. Pues como contaba, le mandé a la pescadería y mientras… —se calló en seco e hizo un comentario inconveniente al respecto del olvido de Joselito, para lo refinadas que solían ser sus maneras— ¡joder, qué verdad parece lo «del muerto al hoyo y el vivo al bollo!» —pagó su desacierto con silencio sepulcral, hasta que siguió como pudo—… pues… pues… yo puse una mesa digna de ver con acolchado, mantel y servilletas de hilo que teníamos almidonadas, escondidas por si acaso, y les serví el mejor vino blanco que teníamos, y… y… con buenas palabras lo disfracé de Albariño…

Fascinados escuchaban la historia mil veces repetida por Severo, que ahora se hacía ya leyenda de esas con las que se argamasan amistades, de esas historietas ennoblecidas por pequeñas mentirijillas, y el alcohol que tan bien limpia las orejas.

—… y eso que a ese hombre no le engañaba ni Dios. ¡Qué personalidad! «¡Gallego tenía que ser usted!» le dije como el que no quiere la cosa. Luego, cuando vio la parrillada que le habíamos montado en media hora, no podía creer que en Valencia tuviéramos de esa mercancía.

Tras sucesivas aproximaciones y retiradas («*pa que* se emocionara el oyente»), reconocía Severo, casi al final, que no era de igual calaña el muchacho que le acompañaba, un tal Herrero de Miñón que frotaba sus manos como esos «funcionarios de mangas blancas». El aplauso final se hacía de rogar, y es que la elocuencia de Severo iba a más, cada vez que lo contaba: ¡qué gracioso les parecía a todos!

—¡Veinte duros dejó para el bote!, y cuando le ofrecía la mano me dijo: «venga, un abrazo», y se me abalanzó como a un igual, «que pareces gallego», y yo pálido, «¿y cómo te llamas?» me preguntó —y puso Severo la mano en el pecho antes de dar su acabo— «Severo, acuérdate de esta» que yo no sabía dónde meterme. «Por mis cojones gallegos que tengo yo que decirle al Generalísimo que se pase por aquí, que le va a parecer que está en la Coruña, joder».

La mujer del jefe que se llamaba Manolita, que además era muy de derechas, y eso que su padre había muerto en la división azul —increíble, ¿no?—, no daba crédito, y recibía la sonrisita de su marido con agrado: ahora quedaba claro lo acorde que había sido el donativo, aunque aquel sobre hubiese costado una batalla campal —que no gustaba a Manolita tirar el dinero—, y quedaba ahora como riña, o simple disgustillo de cama. «Nada cuesta menos y es más rentable que tener a los subordinados contentos», sentenciaba su amado y grueso marido a menudo. Ella, instruida, no amante de los sobresaltos, ladeó su cabeza y dio a su marido la razón desde varios metros. Así era ese mundo de cabal, por mucho que otros pretendan ensuciarlo con sus mentiras.

Dejando una estela de orgullo por lo acontecido, Severo se acercó al pastel de bodas. Lo habían encargado en la confitería San Miguel, y no en Rosita que era la más cara, pero todo buen goloso sabía que pese a su precio desorbitado, la calidad de los dulces era prácticamente la misma, y que parte del pago correspondía a un renombre infundado. Severo había tenido que imponerse casi con las manos, pues el caprichoso carácter de Cloti se había atrincherado en contra de dicho *respecto*. Pero Cloti debía saber que si la boda era un hecho, también ella debería pagar las estrechuras que se avecinaban para reestablecer el *statu quo* previo al desmantelamiento de la cartilla.

Degustados los nueve pisos de la tarta, todos diferentes (creo que en esto la familia Hernández exageró cuando me lo contó: ¿nueve pisos?), beodos de felicidad unos, y de *Codorniz* y Delapierre los otros, sonó la primera melodía que *habería* de arrancar lágrimas. Las primeras fueron de Cloti, cuando, tras darle el muñequito que la coronaba (a la tarta) aún manchado de fino merengue a Merche (una de sus amigas con las que iba al baile), y besarlo como si fuese el mismo Raúl hecho de plástico, comprendió ella que al poner en marcha el tocadiscos quedaban pisoteadas las ganas que había puesto en conseguir orquesta: «no se puede conseguir todo en la vida», pensó hecha una mierda. Tal fue la mirada que le lanzó a su Raúl, que este por primera vez anticipó la amargura que se le avecinaba, y que tendría que solucionar muchas cosas por la brava, como hacían los hombres de aquella época. Cloti por su parte pensó que ya lo arreglaría ella de la manera que mejor se le daba: prolongando ciertas esperas de lo deleitoso (calentándolo y dejándolo luego solo para que se enfriara), racionándole esas cosas que los tíos hacen tan gustosos. Raúl miró a su suegro con complicidad por primera vez, como pidiendo consejo. Este se la devolvió (la mirada quiero decir) con una sonrisilla de auxilio, como diciendo «chaval, ¿no querías una Hernández?... pues toma». Raúl entendió que el tocadiscos era una de las estrechuras (porque él también prefería orquesta) que él iba a pagar, siempre dos veces: una por el recorte mismo (toma tocadiscos, por ejemplo), y dos por la reprimenda de la Cloti, a la que iba a empezar a temer esa misma noche. Sintió por primera vez que dicha preñez era un desaguisado. Un *marronazo*, como se dice ahora.

Redacción sexta (todavía de la segunda historieta): la lección de Severo
(Me propongo mostrar el odio de Severo a Julio Iglesias)

Y sonó *Güendolín*, la canción recién estrenada de Julio Igle-sias, y que iría una semana después al festival de Eurovisión, ya sabemos todos con qué injustísimo resultado. ¡Quién iba a decir que años después ese paleto chaval tan tímido de aspecto lle-garía a ser tan grande! Era futbolista. Era sabido que la primera canción debía ser bailada por los novios acompañados por los padres de la novia como segunda pareja, y la segunda (melodía) la bailaban, para *ser bien*, los padres del novio, lo cual había levantado muchas expectativas: esto era por el morbo, morbo del todo lógico *en mirándoles* los cuerpos ordinarios de los papás del camarero, los progenitores *fuengirolos*, como ya se les decía, a mala leche. Así eran de estrictas las reglas de dicha sociedad emergente. Pero Severo *no estaba como dispuesto* a contemplar dicha injusticia: no puede respetar ese requisito (el de bailar al son del «futbolista»). Entonces, rápido de reflejos —para eso tenía innato el talento del camarero—, tomó una determina-ción de la que se hablaría muchos años después: sacó ventaja sin torcerse el brazo, o quiero decir sin dar su brazo a torcer.

¿Cómo lo hace?... camina con parsimonia en dirección con-traria a la música y se aleja del centro de la sala preparada para el baileteo, abraza a su «compadre» —como llamaba a su amigo del alma—, y como por arte de magia (sin mediar pala-bra, tal era la comprensión que ambos se tenían) —hablamos de Rosendo—, como si le hubiesen dado una orden, Rosendo, con el semblante del soldado que lleva una sentencia de muerte en la mano, o en una carpeta bajo el sobaco, cogió prestado lo que no era suyo: con egregio rostro, llevaba del brazo a Juana *que pareciera* una reina (de un país de fantasía), y la paró en lo más iluminado, donde los ojos de toda la gente elegante podía verlos —y los otros, los menos elegantes, los de Fuengirola—, a unos pocos pasos de Cloti y Raúl, que ya habían abierto el baile. Rosendo allí la bailó (a Juana). Rosendo, por una vez hacía de Severo, por una vez sólo (pues no era para nada su marido),

y Juana se le arrimaba cada vez más, y aunque estaba muerta de rabia, puso sordina a lo que sería una campanada y sonreía, pues sólo quería que Severo viera cómo otra bragueta la gozaba. Tomaba prestada la bragueta de su amigo del alma. Pero este no se aprovechaba (el portador de la bragueta ilegal). ¿Habría sacado Cloti de su madre —de Juana— dicha desvergüenza?... Esta actitud informaba a toda esa gente de que dicho show estaba apañado, lo cual era falso de todas todas (me refiero a la actitud *de que* Juana *lo* daba a entender que era natural): por eso sonreía con mala leche contenida, pues no podía darle rabia algo que de hecho (según ella había dejado claro a sus invitados) no estaba ocurriendo. Con ello daba Severo protagonismo a Rosendo, el cual no había salido en toda la noche de su rincón, aposentado allí y disgustado al no haber podido *emparentarse* con Severo, lo que se le *fuera* apetecido mucho: una ilusión que los amigos tienen de *serse* parientes. Desde luego más que por lo despagado que había quedado su hijo «que de menuda prenda se había librado», (piensa el electricista de su hijo, también electricista), sino porque no soportaba ser diana de miradas chungas: todos podían reírse del plan que *haberían* urdido los dos padres y que ahora se mostraría tan fallido.

Severo daba a entender con ello que lleva los pantalones en su casa y que una cosa es que hubiese entrado casi hasta la sacristía, dando a *retorcer* su brazo porque a la Cloti, si no se la complace... —como se ve no todos los hombres de derechas son religiosos ni adinerados—, y otra muy diferente que Severo *se* fuera a bailarse una canción de Julio Iglesias, a quien —injustamente creo yo—, odiaba desde hacía tiempo. Dicha predisposición, esa ascosidad, se debía más a dudas de hombría del artista, y a razones deportivas relacionadas con el Real Madrid, digo, se debía más que a cálculos de pentagrama y *Dos, Res, Mis* (Severo siempre fue del Barça: «si hubiera sido Tom Jones... ese sí que es un machote», solía decir cuando en casa se establecía dicha competición, «sin hablar de la música»). Para mí Julio Iglesias siempre ha sido un gran compositor, pero así era de inusual y adelantado para su época *el Severo*, mi Titán, el que anhela zamparse un *entrepán*.

¡Qué vergüenza me da contar lo que viene ahora… a cualquiera que le pase… es para morirse!

Un acontecimiento estaba a punto de cargarse todo ello, el regocijo de dos familias que se unieran convocadas por el amor. Julito, aburrido, ya no podía más, desplazado en ese mundo de mayores, ya que no se había invitado ni a un niño de su edad, por lo del presupuesto, ¡por ahorrar! Terminada ya la dulzarrona ilusión de la tarta y el «que se besen», quiso hacerse el *escuchoso*, hartado de *adulteces* y brindis, buenas caras y toda esa *parafernalina* que a la niñez cansa, ese, digamos *adultoso* peloteo. Severo estaba bailando un pasodoble conocidísimo con su consuegra, y los demás hacían lo propio, siempre satisfaciendo todas las necesidades, cada uno mostrando lo mejor de su educación, ya fuera exquisita como la de unos, o más… ordinaria como la de los *fuengirolos*. (Este párrafo me ha salido peor, lo tengo que arreglar). «Que nadie se sintiera desplazado», había sido la *ordenanza* que Severo *dara* a toda su familia, haciéndoselos a todos como anfitriones modelo, para que de ello, se *hablaría* muchos años después. Por eso Cloti, con su anillo recién estrenado daba vueltas y vueltas abrazada al jefe del Marisquero e imponía su «ligereza de cascos», su simpatía, pues se refregaba quizá algo más de lo que en una celebración se viera como distinguido. Pero era tanta la dicha que todo estaba permitido, y Manolita —la elegantísima mujer del jefazo de Severo— daba una lección de baile y buenas maneras a todos los que miraban con envidia: Manolita ponía las cosas en su sitio si se trataba de marcar los pasos, y eso que lo hacía cogida al muñón del manco de Fuengirola, (tal era su educación que simulaba no darle asco coger ese calcetín sucio recubriendo el muñón). Al manco parecía que no sólo le faltaba la mano, sino el equilibrio, el ritmo y hasta el desodorante, parecía que iba sorteando los tornillos que se le iban cayendo ¡Qué cruel es la gente! Severo la miraba y agradecía al cielo que su jefe se hubiera dignado a venir, siendo él *tan poca cosa,* decía cuando estaba humilde. «*Semos* tan poca cosa» decía siempre Juana. Hasta Dani y Carmelo hacían sus pinitos adolescentes y se arrimaban como podían a las primas que vivían en Picaña, una población pequeña, ni fea ni bonita, a cinco quilómetros de Torrente. Dicha acción, no les paraba bien, y ambos tenían pensado confesarla muy pronto. Las primas de las que hablo habrían de protagonizar episodios parecidos a los de Cloti en algunos de los reservados, ya de los elegantes, ya de los más charros y económicos bailes de la zona: era lo que se estilaba.

En ese momento, sin apagar el tocadiscos, Julito metió la cabeza en el micrófono encarado hacia el altavoz y chilló una consigna de la que se arrepentiría años y años después.

—¿Qué ha dicho el chiquillo? —preguntaba la madre del novio, que al ser *parigualmente* de sorda como de gorda, sólo había captado las caras estupefactas de todos los invitados.

—Por Dios, mamá, despierta —imploraba por otro lado Cloti a su madre y le daba golpecitos en la cara para que se repusiera—, que no ha pasado nada, mamá —restaba importancia, aunque Juana no estaba dispuesta de ninguna manera a despertarse, porque nada más abrir los ojos *debería* morirse de vergüenza.

Severo hizo lo que tenía que hacer, tomó las riendas cual representante paladín de aquella sociedad media alta que desgraciadamente, pocos años después se iba a desintegrar, invadida por una chusma igualitaria, de aquí, o venida de allá. Su primer impulso fue meterse con Julito en el váter y cruzarle el cuerpo con la hebilla de la correa de cuero, como hubiera hecho su padre, pedagogía que aunque no veía bien del todo, había hecho de él un hombre, como se ve. Pero dilucidó rápido de reflejos (otra vez), y se mostró como un hombre (era de esos que se le salía el pelo del pecho al aflojársele la corbata), se mostró hombre de tomo y lomo y además pedagógico: fue hasta el micrófono y pidió perdón, calmó los ánimos al desprenderse con acierto de las palabras exactas, incluso pudiera parecer que extendía una alfombra de ternura sobre un charco que salía de una cloaca: «Perdonen ustedes a mi Julito. Ya saben cómo son los críos. ¿Quién no ha hecho algo así cuando era niño? Sigan bailando. Tengan en cuenta el día en el que *estemos*, y que para los Hernández este es el más feliz de sus vidas». Desde luego no se refería a Julito, el cual como he dicho iba a tener pesadillas muy malas.

Cogió de la mano al pequeño Julito y le arrastró hacia la pinada. El inocente sonreía como si hubiera hecho la típica gracia: pensaba que dicho revuelo por un lado y excitación por el otro —*el que* y *la que* había provocado— sólo podía ser producto de un acierto. Junto a las piedras de la fuente por la que resbalaba el agua acariciando el musgo reluciente, le dio una paliza a base de patadas y puñadas, sin soltarle de la mano, para que no se le escapara, y cuando creyó que había terminado —según sopesado el delito— le dejó allí llorando, sentado en el bordillo de la graciosa fuente, que para mayor INRI, encima, tenía forma de micrófono. Nadie se perdió aquel reajuste de cuentas didáctico en la carne y en el alma de Julito, pues amplias eran las encristaladas que daban al límpido jardín: con más o menos violencia, todos —y yo mismo, ¿quién no? — hubiesen arreglado el desaguisado, más así o más *asá*, pero más o menos.

Cuando Severo entró en el local llevaba impresa en el rostro la huella del mal trago. ¡Cuánto debió sufrir el hombre! ¡Su hijo predilecto! Y no es que le hubiese defraudado, pues al fin y al cabo había dicho la verdad inocentemente, y eso era *en exacto* lo que le decía su padre, siempre, que dijera siempre la verdad. Lo que más le jodía a Severo es no poder abrazarle y retirarle la gran paliza, al menos de su cuerpo (que *érase* tan machote como sensiblero), y dejarle sólo la enseñanza. Severo había decidido que «no le miraría ni le hablaría hasta estar en casa». Nadie —recuérdese que no tenía estudios en los que apoyarse Severo—, podía dudar de su capacidad para enseñar modales a un chiquillo, ni siquiera cuando —dentro de un momento— cuente yo lo que el insensato había dicho y que había retumbado, efecto del potentísimo amplificador.

Desde luego, no hace falta decir que cada vez me sale mejor la narración: «el comer y el narrar, todo es empezar».

Julito no paraba de llorar, pero ese instinto de supervivencia que tienen los animales, también lo tienen algunos hombres, los que han nacido para ser más, y Julito digería la paliza a gran velocidad, como cuando te has jalado una paella y te echas a nadar. Sin poder distinguir si eran lágrimas o mocos lo que absorbía (o se comía, porque tenía por costumbre comérselos), tan sólo media hora después de cobrar, daba patadas a los húmedos bordes cortantes de la fuente, de ródano rosa, y de una pedrada —nadie podía entender de dónde había sacado la puntería— dejaba coja para siempre a una paloma, a la que antes había engañado con miguitas de pan.

Aún resonaban sus acusadoras palabras en la memoria del salón, atmósfera que volvía poco a poco hacia la elegancia y la excitación, pero nadie olvidaba lo que había dicho hacía rato el maldito altavoz. No hubiera podido ser de otro modo al tratarse de gente con principios. Nadie podía no oír todavía las palabras de Julito, de ese niño *cabrón* como decían ahora los *fuengirolos*:

«¡Vivan los novios! Mi mamá dice que el camarero de Fuengirola se ha casado con la Cloti por el dinero, y que si no… ¿Que de dónde iba a tener él dónde caerse ni muerto?».

Redacción séptima: bendito vientre
(Me propongo mostrar la oración laica de mi Titán)

Como la situación no podía durar eternamente, Cloti, que era Hernández muy avispada como ya se ha visto, que adoraba a su «chiquitín», como le llamaba cuando le pellizcaba los mofletes, recogió su cola de boda y para asombro de todos salió a la pinada y colmó de besos al hermanito y le metió dentro: «a que disfrutara de la fiesta que quedaba» iba pregonando, ya que en su opinión ya había pagado. Hizo una curva separándole de Severo no fuera que las manos largas de este de nuevo se activaran. Para protegerle le metió la cara contra sus envidiadas tetas y Julito puso allí los mocos que le quedaban, pero sonreía. Prestándole luego el protagonismo que tiene toda novia por serlo, bailó con él una canción muy bonita de Juanito Valderrama, la que habla de una niñita enamorada de Dios que endevotada hace su primera comunión.

Juana no dejaba de abrazar a «la gorda de Fuengirola», mote que le había puesto ya de oídas, antes de conocerla. Y la otra, «la gorda», se aprovechaba de la ventaja *de que* le daba haber sido insultada en público y no la soltaba. «¿De qué… de qué otra manera me hubiera yo abrazado a alguien de clase moral tan baja…?», decía Juana ya por la noche en casa *lamentándosele* a la cara de Severo, al cual echaba muy en cara que no se la hubiese partido al niño, la cara, «¡pero de verdad!».

Pero siguiendo todavía en el salón (¡contente narrador! no anticipemos acontecimientos) Severo sin darse por enterado del perdón, pues no podía, atrapado en sus principios, deshecho, Delapierre en mano, lo vivió solo por *adentro*, en su pecho de hombretón, jurándose a sí mismo que jamás volvería a pegarle así, de no ser por una gran causa o causa mayor. Así era él de dulce en sus adentros, tan lánguido que nadie hubiese creído que era el mismo hombre que media hora antes había apalizado de esa manera a un menor, por justo y merecido que *hubiere o fuere...* sido ¿Conoce alguien hombre cabal que no hubiera hecho lo mismo? Como no podía abrazar a su hijo para no dar su brazo a que se torciese se tiró literalmente en los brazos del electricista, emocionado por el amor que sentía a su hijito, y Rosendo lo comprendió y se dejó abrazar prestándole así su cuerpo a Julito —pues para él era el abrazo, y brindaron en voz alta:

—Levanto mi copa por mi tierra —brindaba Rosendo a lágrima viva, bajo la famosa cabeza del toro disecado que había dejado cojo para siempre a Ricardo Fabra, el único torero que vivía en Torrente—, por mis cojones que volveré un día a Cartagena.

—Pues yo —tomaba su turno más a la altura de su educación Severo, como un exhibicionista que quiere mostrar la elegancia de sus maneras—, pues yo... —indeciso— pues yo, amigo mío —se refería así a él en voz alta, como si estuvieran solos, como si no hubiera cientos de pares de orejas a la espera—, pues yo... —justo debajo del mural de cerámica pintada a mano por un gran artista de Paterna ya muerto, por desgracia, que representaba el cartel anunciador de la tarde en la que muriera Manolete a manos de ese toro malo que lo empitonó de malas maneras—, pues yo, permíteme amigo del alma... —alargaba la espera más de lo habitual (como estoy haciendo yo) y colocaba la mano en el pecho antes de abrirlo de par en par para que se viera lo que había dentro: la más bella sinceridad—, pues yo… también brindo por mi tierra, la que veo cada vez que cierro mis ojos. A la que volveré antes de convertirme en vegetal o en hierba.

Y era verdad, porque con su memoria prodigiosa llevaba el mapa de Murcia grabado bajo las elegantes entradas de su incipiente calva, y por sus calles paseaba con un dedo imaginario cada noche, tras besar agradecido los labios un tanto bulbosos de su Juana. Por cierto que Juana se quedó asustada de la mancha de sudor en la axila de su amor cuando levantó la copa: ¿acaso importaba? Eran hombres de los de antes: naturales.

¿Qué decir de los aplausos? Pues que eran los elogios del Cielo al que su amada cada noche imploraba. «¡Severo… Severo!» vitoreaban sobre todo los *fuengirolos*, que no estaban acostumbrados a saborear las espumas ni del *Codorniz*, ni de las buenas costumbres. Ya entre sollozos mandó un beso soplándolo para que sorteara las cabezas de los que bailaban y que lo recogiera Juana, que conversaba emocionada con los tíos del novio, acerca de las líneas casi nobles de sus ancestros: de algún pariente lejano de Juana se decía, nada menos, que era amigo y comía asiduamente en el palacio del Marqués de Dos Aguas, y todo valenciano auténtico sabe lo que significa eso. A Severo, más humilde —además murciano raso—, no le gustaba airear eso, sobre todo por si no era verdad… pero las mujeres, ya se sabe.

Y cuando la gente aplaudió a Julito por el baile que se había marcado con la Cloti tras los últimos gorgoritos del cupletista de inusual voz, exhibiendo todos el buen gusto del perdón, apuntó Severo con los ojos a un techo imaginario y exclamó para sí: «¡Bendito sea tu vientre, Cloti de mi vida, que has devuelto la sonrisa a mi Julito y bendito sea por el Hernández que en él portas!». ¿Puede alguien desde su butaca representarse más nobles palabras, *tenido en cuenta* cómo había sido concebido el nonato? Y eso que no sabía, para nada, que la que flotaba amnióticamente dentro de Cloti iba a ser su nieta preferida (de la docena de nietos que le esperaban, en vida), la niña con «los ojos de parar un tren», como la bautizaría él mismo y el mismo día que se abriese el vientre de su primogénita.

Y última redacción de la segunda historieta:
la lección de Julito
(Me propongo mostrar que de tal palo tal astilla)

Ya en el hogar mi Titán, que tras comerse su *entrepán* fuma a destajo, alegre de cómo había trascurrido el evento, pero su corazón era un revuelo y en su pecho algo le inquietaba: en su corazón se había instalado un rosal silvestre lleno de pinchos feroces. Por un lado se sentía realizado «ya tenía una familia del Uno, de un yerno», y aunque a lo que aspiraba es a familia del Cuatro, con tres nueras, tener un yerno ya era buen presagio. Claro que Cloti al *serse* su naturaleza casamentera, el mérito no le *servía la pena*. Además, ahora Juana arrastraba los pies por el pasillo y entró en el comedor. Desarreglada, había perdido ese encanto al embutirse de nuevo en su bata predilecta (roja de raso y acolchada), la que había sido de su madre, y antes de esta de su abuela, y así sucesivamente, en ese tejerse de su linaje.

—No deja de llorar —le informaba Juana del ánimo de Julito que seguía arrastrado por los suelos.

Severo la miró y se dio cuenta de sus dientes mal conservados y de diferentes beiges, desiguales todos, pero fuertes, capaces de cortarle un dedo a cualquiera que le mordiera.

—Tiene buen «resorte» ese muchacho.

—¿Quién, Julito…? —preguntaba Juana muy enfadada— ¡Lo hubiera matado! Como decía mi abuela «su madre (que soy yo) será una santa, pero ¡maldita sea la puta que lo parió!» —y ya fuera de sí, valenciana de la coronilla a las chanclas soltó el peor de todos los cagamentos que conocía, y miren que eso es como decir lo que más— «me cago en las bragas menstruales de la Virgen María».

Severo al ser refinado odiaba esas maneras de la región. Murcia tenía otra distinción. Pero él no hablaba de Julito. Cuando Severo decía eso de alguien (lo de los «resortes») se refería al corazón, a la intención, a los mecanismos motores que toda alma tiene para diferenciarse de otras almas.

—No mujer, me refiero a Raúl, ¡vaya muchacho que se lleva! —y se enorgulleció— ¿Y mi Cloti? Cuando cruzó la sala a por mi chiquitín… —apagó la colilla con furia contra el cenicero y puso sus manos cubriendo su cara, como alas de paloma. La hombría de esos hombres, en aquel tiempo, no les permitía mostrar debilidad—: por tu difunta madre, que Dios la tenga en su gloria, aunque mira que era mala la muy…

—¡A que te muerdo!

—Quiero decir que se me saltaron las lágrimas cuando metió a Julito en la sala y le abrazó delante de todos. ¡Qué corazón tiene! Si no fuera tan *putarata*… —se lamentaba.

Muy moderno se había mostrado Severo en lo de la preñez —para tener Cloti dieciocho nada más—, como hace un padre que por muy despechado que esté saca las castañas del fuego por su prole, y la defiende a capa y espada: lo atestiguaba su cartera, el desfalcado estado de su cartilla. Pero ahora seguía llorando sin *desesconderse* la cabeza de entre sus manos de honrado trabajador. «¡Qué tensión!» pensaba «¡Qué días más intensos!» Y ahora, se preguntaba, ¿qué le tenía como un guiñapo, por qué no era feliz de imaginar a Cloti riñendo a Raúl por cualquier tontería y flotando en ese elegante barco camino de Palma de Mallorca? Debía estar radiante: esa noche, por primera vez, «una Hernández se encaminaba fuera de los confines de España» —quería él decir de la Península Ibérica—; esa noche histórica en la que por primera vez una Hernández atravesaba el mar. «¡Mi hija montada en un barco!» se decía casi incrédulo, a ver si con dichos pensamientos se quitaba dicha insania tan molesta. ¿Por qué la familia Hernández siempre decía «montar»: montar en barco, en bicicleta, en coche, en tranvía, en tren…? Es una de las pocas cosas que no me explico.

Ya no lo pudo soportar más. Llorando a lágrima viva se levantó como si una ladilla le hubiera picado entre las piernas y corrió por el pasillo. Daba por finalizado el escarmiento en un «al diablo con la pedagogía»: tenía que reconciliarse con Julito y sabía que no dejaría de llorar hasta que su amado padre no le diera el abrazo —era un llanto de llamada—, que limpiara todas las puñadas y patadas que le había dado con todo el dolor de su corazón, por su bien. No había ningún género de dudas, no había maldad en ese corazón tan noble.

Cortó Julito su llanto en seco, en cuanto Severo entró *erecto
y enervado* en el cuarto para hablar de hombre a hombre, y *darle
al asunto* por finalizado. En el cuarto olía muy mal y Severo
pensó que era una pena que Juana no hubiese canjeado parte
de su belleza y linaje por otras virtudes. «¿Por qué era tan
sumamente guarra?» Ni un momento siguió por ese camino,
pues bastante tenía la pobre con cuatro hijos y una casa tan
hermosa —en el sentido de grande, quiero decir. Él era de
esos hombres nuevos inclinados a creer, en contra de toda apa-
riencia, que las labores de casa, que para muchos no significan
gran cosa, para él «se las traían» de pesadas. Además de no
poder pagarlo, Juana no era capaz de meter «servicio» en casa.
Aunque ella no era limpia prefería gestionar a su gusto su roña:
«mientras yo viva ninguna arpía va a mirar los calzones de mi
Cary Grant», decía siempre con los ojos a punto de abandonar
sus órbitas. No imaginaba Severo que sería Cloti años después
la que rompiera dicha tradición de mujeres orgullosas y dueñas
de su casa: la primogénita estaba predestinada a ser la primera
Hernández en tener *chacha*, lo cual le daría tiempo libre para
no dejar que sus instintos se marchitaran.

—¿Cómo me has hecho esto, Julito? —repetía Severo que
aunque quería perdonar veía las caras que habían puesto todos
tras la gamberrada y se lamentaba ¡claro! sentado en la cama del
infeliz—. Lo que yo esperaba de ti… ¿cómo crees que Raúl iba
a casarse por dinero con la Cloti? —y esto le dolía doblemente,
pues algo había, ¿no lo había pensado él en voz baja? ¿Acaso no
era verdad que Juana lo repetía cada día delante de sus hijos?…
pero había que enseñar a los hijos a no decir todo lo que se
oye— ¡Tú no sabes lo que es el amor, Julito!

—Papá… perdón… papaíto… haré lo que quieras…
¡pégame más!… he sido muy malo… ¡Ay, papaíto!… no… no…
no… no me lleves a un reformatorio… ¡Por favor, por favor,
por favor!

Cosas más graves deberían ocurrir para que un hombretón
ejemplar como Severo metiese a un hijo en dicha institución.

—Sólo te pido que estudies mucho —le proponía su papá,
en reconciliador tono—, que tu padre va a trabajar como un

esclavo para que estudies lo que quieras. Que ¡por mis cojones! que vamos a ahorrar otra vez para que tengas un futuro mejor que el de tu padre.

—¿Y para Carmelo y Dani también? —preguntó Julito que quería mucho a sus hermanos mayores.

«Pues claro» contestó Severo, para quien todos los hijos valían igual, aunque seguro de que no haría falta, pues de lo ceporros que se le hacían ya presuponía él el fracaso en las letras; por eso a ellos no les estimulaba como a Julito en las labores escolares, y silenciosamente se conformaba con que trajeran nueras «sanas», como llamaba a las más buenas.

En dicho tira y afloja a corazón abierto estuvo a punto de abrazar a Julito, pero ambos eran hombres, y ¡ojo! que por mucho que le apetecía absorberle con dicho abrazo las secuelas de la paliza, no lo hizo, pues nada era más temido que el que te saliera un hijo afeminado. Hoy para mal o para bien esto ha cambiado.

Cuando ya se iba a levantar Severo de la cama, Julito, que al ser avispado oía todo lo que se cocía en casa, quiso saber más de los entresijos de su padre —sobre los cajones de Severo—: laminero le cogió de la manga de la chaqueta azul marino (bendecida a la fuerza, sin querer, cuando entró en la iglesia pisoteando sus principios), y que aún no se había quitado, como queriendo alargar la boda de la primera Hernández. Dándole tirones le dijo: «la mamá no me deja abrir ni jugar con tus cajones, sobre todo el de arriba», y le preguntó que «qué guardaba», que «qué era *ese tesoro del papá* que decía siempre la mamá» y que si podría verlo.

—Algún día, hijo, algún día.

Y se iba, pero Julito era el más pertinaz de los Hernández y no estaba dispuesto a callarse. Insistía e insistía sabido de sus encantos, que esta vez ablandaban al mentor, de verdugo ahora víctima hecho, víctima del cargo de conciencia por la gran paliza que le *dara*.

—Hijo mío —se doblegó Severo y le dio lo más grande que se puede dar a un hijo, el secreto de su alma—: cuando tenía el papá la edad que tienes tú ahora, más o menos, que además yo era pequeñito porque crecí después, ya sabes… pues eso, hablé conmigo mismo, y para que no se me olvidara hablé como si yo fuera otro, *me hablé de tú* —encendió un pito para apuntalar con dicho humo su excitación y susurrando para que Juana no lo oyera, pues no era cosa, le decía ,«que se le pudiera contar a las chicas… ya lo entenderás, Julito», y compartió dicho anhelo—: un día que estaba en la estación abandonada del *trenet* por la que pasaban los trenes a toda velocidad porque no paraban, que estaba allí con mis amigos fumando y hablando de cosas de chicos…

—¿Es que no ibas como yo al colegio?

—Muy poco, hijo, con tu edad los niños de antes no podíamos… teníamos que ir por ahí a fumar y a buscarnos la vida, para llevar cosas para casa, pero eso sí, yo sabía lo que quería: ser un tío grande, una celebridad, colocar mi nombre en los diccionarios enciclopédicos, al lado de quien me tocase con la «Ese» del orden alfabético: Scarlatti, Schiller o Scott o Sénder o Séneca…

Muchas veces había curioseado años después en el Plaza y Janés, el diccionario comprado a plazos que tenía en casa. Soñaba solo a ver con quién le tocaría, y aunque no los conocía de nada siendo camarero y acomodador, se le hacían dichos nombres muy inaccesibles de grandes que se le hacían: cerca nada menos que de Shakespeare, que a ese sí que le conocía de oídas y a dos páginas del cantante Sinatra, que aunque «no le tosía musicalmente a Tom Jones», a nadie se le ocurría dudar de su voz y valía. Como se ve, Severo musicalmente se eleva por encima de la medianía, con una lucidez que acojona, una cabeza, que de haber tenido medios, se *fuera cagao*.

—Papá —le cortó su niñito querido—: ¡que va por apellidos! ¡Tú eres de la «Hache»!

¡Qué más daba! Pues le tocaría al lado de Miguel Hernández el poeta. Y siguió Severo desocultando su coraza de machote, la de esos hombres que parecían no tener dentro de sí más que cojonuda determinación. Siguió contándole dicha trama de la voluntad de cuando no era más que medio mocoso.

—Cuando se habían ido mis amiguitos, puse las piernas colgaditas en el andén y cerré los ojos, y prometí no abrirlos hasta que llegase el tren, que era de vapor (y como yo me entere que haces tú eso te meto una… que…), y hablé conmigo: «Severo, tú… tú… sí, tú, hablo contigo. Si cuando seas mayor no eres un hombre conocido, si no eres superlisto… yo, este niño que está —y señaló con su dedo a su hijito desdoblándose como si estuviera ahora ocurriendo aquello de la estación en la habitación— yo, el verdadero Severo, yo, el niño Severo, te odiaré… si no haces de mí una *inminencia* —Severo quería decir «eminencia». Se equivocaba siempre, es que también la palabreja…— yo te odiaré, te odiaré mucho…» y lo repetí cien veces hasta que el tren estaba casi encima de mí, y aún lo repetí una vez más arriesgando a que me cortara las piernas, que yo era muy valiente, y las quité en el último momento, que venía *¡puuuh, puuuh!* pitando como un poseso y nunca más *me hablé de tú*.

Luego le explicó a su niñito que en su cajón (no el de la cartilla) guardaba su tesoro, una cosa que un día haría de él un hombre «Gigante de Grande», y por mucho que Julito insistía ya no fue para sacarle más: «cuando seas mayor», que ya era «más que suficiente», le dijo.

—¿Verdad, papi, que las primas son muy guapas? —le preguntaba como si no hubiera escuchado nada.

Severo dio una calada, la última del pito, y tembló, dudó de las posibilidades cerebrales de su Julito. A momentos le parecía tan… tan chusma, tan mierdoso, tan cualquiera…

—Papá, yo también hago eso.

—¿El qué hijo mío?

—Lo de *hablarse de tú* —y se giró en la cama dándole al padre la espalda—. ¡Ay, papaíto, qué daño me hiciste en el culo y en la cara! —se quejaba Julito, pero el padre sólo pensaba ahora en lo otro y tras un silencio y unos llantos más ñoños que serios, siguió el niño—: hoy mismo me hablé, cuando estaba en la fuente… «Julito, la has *cagao*», me dije… papaíto, ¡perdóname por favor! —volvía a llorar Julito y se tapó con la almohada para ahogar y hacer *imperceptibiloso* su nuevo anhelo—: yo no quiero ser listo como tú, sino bueno, para que tú me quieras

—repetía y repetía intercalándolo a la hilera paralela de los *solloros* o sollozos.

¡Qué listo le pareció su hijo! «no quiero ser listo, sino bueno» ¡Qué ocurrencia! Ya arreglaría él eso. Estaba claro: ¡Era un Hernández! Tiró la colilla al suelo y quebrando sus normas de la correcta hombría le abrazó de tal manera que ninguno lo *tuvería* que olvidar por muchos años que *correrían*. Creó un lazo de amor, como esas personas atadas por un compromiso y que nadie ve dónde está el cordel.

Supo en ese instante que su hijo sería el primer Hernández en estudiar una carrera y que sería un hombre honesto de mayor, hombre de honor y de derechas. Esto es digno de ser contado al final, pero lo hago ahora, porque *quiero más* ser inoportuno narrador… pero, para que se sepa *lo que* de qué tipo de hombre estamos hablando.

Ya en la salita Juana remendaba su abrigo de cachemir. «¡Qué a gusto me he *quedao*!» decía Severo por la puerta.

—¿A estas horas has ido al váter?

—No, mujer, que ¡qué resortes tiene!

—¿Quién?... ¿Raúl? —preguntó Juana, que no gozaba de la misma inteligencia que su hombre, como se la ve cada vez que abre la bocaza. Severo, cada vez que se percataba de su inferioridad, más brillaba pulida y sobresalida la plata de su amor.

—No, mujer, ¡nuestro hijo! —a lo que, mirándola a los ojos, y sin malas maneras la riñó—: ¡Juana, por tu madre, la habitación del niño apesta!

Yo también me *hablaré ahora de tú*: ¡Retente narrador! De no ser por lo que es, ahora mismo contaría yo el final de mi historia, pero no, debo seguir con la siguiente historieta.

Como se puede ver, ya mi Titán es un idealista que habita la soledad de la incomprensión: Juana no le llega a la altura de la suela del zapato, Cloti no le llega, Carmelo y Dani no le llegan, Rosendo es un simple electricista, y Julito es muy joven, pero ya se verá. Severo vive en el arrecife de su propia soledad, como una bestia del coral, y sólo al final se sabrá si conseguirá o no ser una entrada de Diccionario Enciclopédico o se diluirá su destino entre los humanos corrientes. Como nada puedo barnizar en mi relato y como me debo a los hechos que prometí a quien me los contó, que no iba yo a poner nada, pido disculpas anticipadas por mi impericia literaria, que es la primera vez en mi vida que escribo. Como se ve, para no haber *estudiao* tampoco se me da muy mal.

Hechos, hechos… es lo que importa.

Primera redacción de la tercera historieta: cuatro años después

(Arreglar: esto no puede ser.) «Yo tenía una granja en África», recitaba Severo *en mirando* la cornisa del alero del cine Liceo, extasiado por la película *Memorias de África* que había herido su delicada sensibilidad, (*parecesería* que una gasa la cubría desde su glándula pineal) segundos antes de echar abajo el cierre de metal… taca-taca-taca-trác.

No. Ni hablar. Antes que esto debo contar lo del bautizo. Es que me entran unas ganas locas de abreviar.

De un gusto exquisito era el vestido de Cloti, que resaltaba sobre el de las primas venidas de Murcia. No sólo eran más feítas, sino que dicha vulgaridad no podían contrarrestarla con su economía: muy inferiores eran sus poderes adquisitivos. Aunque sudaba, Cloti llevaba una peluca tan elegante que parecía una reina. Los años le ponían elegancia. Ya no se parecía a esa gallina clueca que ponía histéricos a los tíos como si fueran gallos de pelea, con su *cloo clo clo cló*. Fuera de la iglesia los más jóvenes exhibían todos sus peinados de peluquería, ellas sus chales comprados en Cortefiel y ellos sus pajaritas de caballero en trajes de terciopelo, con esas solapas gigantes de grandes que se llevaban *en antes*. El padrino, que era Dani, tiraba caramelos que sacaba de una bolsa también de terciopelo verde cada vez que alguien gritaba «padrino roñoso». Las gentes que pasaban por la gran avenida los miraban abrumados: es que el colorido de los vestidos echaba para atrás de elegancia. El estruendo de los petardos y la traca, que marcaban el status con el aroma de la pólvora, denotaban un gran despilfarro. Los valencianos llevamos la pólvora plegada entre los genes. Desde fuera no se entiende. Los viandantes bajaban la cara aparentando no ver, o sonriendo por lo bajo, o murmurando: «mira, mira, son los Hernández y hace poco no eran nada». Lo decían con asco, era la envidia la que los señalaba con su dedo, una envidia vertical muy mala que traspasaba como si fuera una lanza, de arriba abajo, todas las clases sociales: era la envidia de los de izquierda. En aquellos tiempos era común que, ya arrastrados por el suelo unos, ya engolados por los cielos otros, todos sintieran los escrúpulos sociales de las clases en pugna. ¡No sé!… Esto lo cuento para que se sepa, que a los que ganamos la guerra (yo no estuve, pero sí mi padre) siempre se nos quitó el mérito: que si fueron los alemanes los que nos ayudaron, que si los moros… ¡mierda para la chusma!

¡Ah! Que no se me equivoque nadie. No estamos en el bautizo de ningún hijo de la Cloti. Nos encontramos (¿no lo he dicho?) dos años después.

Rosalía, la esposa de Carmelo, la primera nuera de Severo egregia como una reina que lo ha conseguido todo portaba a su hijo —el primer nieto varón— enrollado en una mantilla preciosa de encaje, empaquetado diría, y tan grande que la pisaba: Rosalía como es enanita… por eso es que todo le arrastra. Como se ve claramente, Carmelo se ha casado ya.

Que no se líe nadie, que como se ve más o menos claramente no estamos ante el bautizo de ningún hijo de Cloti, sino de Carmelo.

Habían pasado cuatro años (antes he dicho dos, pero creo que son cuatro) y la precocidad de los miembros de la familia Hernández seguía impresionando a conocidos y extraños: Carmelo tiene ahora diecinueve años, y había mostrado precocidad en ganar dinero desde que un verano se fue a la obra (con los albañiles), harto ya Severo de reticencias en el colegio, de expulsiones, de llamadas del director e incluso por la grave acusación de haber dado una paliza al de matemáticas en la sala de profesores. Esto jamás se pudo probar. Como todo el mundo sabe los profesores son unos histéricos y unos vagos. Si tuvieran que dar el callo y trabajar, ¿eh?... Por el contrario, Carmelo mostró una capacidad inaudita para «ascender»: de pilotar un triste carretillo (y trasportar tablones como una burra, y limpiar toda la herramienta, como es propio de miserables peones), a ser digno propietario de una paleta. Luego, en poquísimo tiempo, tras enamorar a la hija del contratista, le era permitido llegar el último a la obra: de él se decía con razón que cogía todos los trabajos más delicados, gracias a la indudable habilidad de su muñeca, al pilotar su paleta. O sea que no había *estudiao*, pero valía.

A Severo no le vino de nuevas cuando vino Carmelo una noche a casa a presentar a Rosalía, con el mal asunto de una nueva preñez, deseada sólo a medias, las medias del vicio y el fornicio. Tampoco quiero decir que no se lo esperaba. «Qui l'entorta se l'emporta», fue lo que dijo Juana fingiéndose humillada, cuando en realidad estaba más contenta que nada (en Valencia quiere decir esto algo así como que el que la caga que apechugue, que el que te deja tuerta, pues se te queda). Severo, con más elegancia dijo: «si has sido un hombre para hacerlo, ahora serás un hombre para rehacerlo», casi dándose por satisfecho por todos los malos tragos pasados cuando iba Carmelo al instituto, por todas las dudas y por ese canguelo que sienten los padres buenos ante actitudes delincuentes.

Cuando Rosalía, la primera nuera de nuestro Titán le comunicó a traición, en la puerta de la Arciprestal que habían decidido llamar al pequeñín «Severo», no pudo por más que volver a romper su rigorismo, tirar el pito al suelo y entrar en la iglesia. «¡Joder, Rosalía, qué alegría!», le dijo. Habría de ser años después la nuera de sus ojos en candor, atenciones y amor, aunque sólo fueran eso, padres políticos. Rosalía llegaría a ser la preferida, como una Hernández más, y eso que le pareció cuando la conoció una cantamañanas.

Cuando llegaron al Marisquero, Severo se quitó la chaqueta y se puso la librea negra, que ¡cómo le quedaba!... perfecta, ceñida y perfecta. *Podería* parecer desapropiado vestir a los camareros como si fueran bandoleros andaluces, estando en

Valencia, pero el jefe era cordobés. ¿Quién no ama su tierra? En todo caso ningún otro restaurante gozaba de dicho privilegio.

Había decidido dar el mejor regalo, pagar el convite del bautizo, pero empaquetándolo con un personal sobre-valor, que sería él mismo quien lo sirviese. Como era mucho curro le ayudaría de gorra algún compañero. Le querían tanto que se mataban por *tenérselo* de amigo. Severo odiaba pagar «para que te sirviesen de cualquier manera». Así estaba Severo de orgulloso de haber aprendido «en la escuela de hostelería más prestigiosa del mundo»: tras la barra de su Marisquero. Eran dignas de ver las caras de los clientes cuando descorchaba una botella: le daba tal empaque a la forma de girar el descorchador, era tal la seriedad en su rostro, tal lo *impecabiloso* en su manera de servir la primera copa con su brazo cruzado por detrás, que subía el precio del vino más cutre. Parecía —quién tuviera la suerte de poder pagarlo— que estabas sentado a la mesa de una coronación imperial, en directo.

Don José, el párroco, literalmente encharcó el cráneo velludo del diminuto Severito, sostenido por la flamante madrina que era una hermana de Rosalía de dudosa distinción, que llevaba las tetas fuera, como si el cura tuviera que comérselas, después de bendecirlas. Todo el mundo se percataba, pero mostraron su educación. Por otra parte era una chica de lo mejor. Estaba apoyada en todo momento por Dani, el hermano más querido de Carmelo que no pudo *sustraerse* a ser el padrino. Eran uña y carne —los hermanos—. No hacían buena pareja —los padrinos—, pues Rosalía les sacaba la cabeza. Severo nunca comprendió por qué Dani había salido tan bajito: más que suyo parecía hijo de los de arriba, de los vecinitos que trabajaban todos en el Bombero Torero. Ese espectáculo tan gracioso… Dani, con sólo diecisiete ya se veía que sería pequeñito. Dani contestaba a las preguntas del párroco con gran decisión. Los padres de la criatura, erectos junto a la pila bautismal, hacían planes mentales para el chiquillo, que venía como una bendición a certificar un amor que les había llegado como si dijéramos *a posteriori*. Se decía en aquellos tiempos, si eras de familia del pueblo, que un hijo venía al mundo con un pan bajo el brazo.

Esto nadie lo ha entendido nunca, pero se decía. Severo, aunque era feliz, languidecía al reconocer la superioridad de Juana en lo de enseñar hijos. Él que tanto se esforzaba, y ella por detrás «¡hala, *arrea que es gerundio!*». Ahora sabía que mientras él iba cada domingo a caracoles y espárragos con Julito (el único hijo que fue siempre exclusivamente suyo), los otros tres reventaban su ideal ateo monoteísta corriendo a misa a sus espaldas: creyentes a traición. Ahora estaba seguro de que habían rezado a Dios cada domingo, que se habían arrodillado ante la Virgen de los Desamparados como tres vulgares devotos, a escondidas. Incluso sabía que a la hora del bocadillo de chorizo habían tenido en la boca «el cordero de Dios»: esto le dolía más, porque al fin y al cabo la Virgen era la Virgen. Realmente él a quien no tragaba era al Padre, *ya se viniera* disfrazado de paloma o de «carperucho de mierda», decía, que no soportaba Severo, de serio que era, a los farsantes. Se imaginaba a Juana acicalándolos y despidiéndolos desde el balcón hasta que *torceríanse* por la Fuente de las Ranas. Los imaginaba corriendo felices y aleccionados hacia la Arciprestal comandados por la arpía de la Cloti, la cual de seguro portaba en su bolsito de charol monedidas a lo Judas con las que pagar la traición. Con ellas, al salir confesados, comulgados y empapuzados del maldito cordero, como hermana mayor les compraría chucherías en la paraeta[1] del chaflán. «¡Seguro!», él lo sabía. Ya no se le hacía Juana tan imbécil moral al imaginarla metiéndole a la Cloti las setenta y cinco pesetas —veinticinco por cabeza—, y al arengarla, «¡hala, a misa y que no se entere el papá!». Se sintió pardillo. ¡No se puede ser bueno! Debía haber imaginado que Juana educaría por atrás, y no a las claras. Aunque, y digo yo, ¿acaso podría haberlo hecho de otro modo, apabullada por la inequívoca superioridad de Severo?

Tras el éxito del banquetazo de los Hernández, que incluso se pegaron narices en los escaparates, en las carísimas encristaladas del local traídas de un polígono industrial después de hechas

---

1 Paraeta: nombre utilizado en Valencia para designar a los kioscos de barrio donde se vende prensa, coleccionables y golosinas preferentemente.

a medida, nada menos que en Gerona. Prestas (las narices) en oler algo de lo que dar cuenta luego, todo el mundo juraba no haber visto jamás un servicio más ejemplar y acorde con el rito: cada vez que salían los compañeros de Severo comandados por él mismo, él chillaba lo que iba en los platos elegantemente como si fuera un «maître», y no había nadie que no apoyase con aplausos dicho éxtasis. «¡*Sepionet* a la plancha con patatas a la salsa brava!», por ejemplo. A mí las patatas picantes es lo que más me encanta del mundo mundial.

Segunda redacción de la tercera historieta: lucha por el ingenio y la belleza
(Me propongo ahondar en el atascamiento moral de Severo)

Rosalía, la advenediza nuera que acababa de ingresar en el círculo familiar, veía en Cloti —«esa chaparra», como se atrevía a llamarla a sus espaldas, y eso que ella sólo era unos milímetros más alta—, a la única belleza capaz de toserle, y quiso que ya que iba a ser miembro/a de la familia, que fuera la familia misma quien diera su visto bueno. Pocas veces se podía ver reunidos a todos los Hernández, incluso los que vivían en Castilla la Nueva, en Toledo o Andalucía. Para ello echó mano del crédito que le daba ser madre nueva, la del recién bautizado: lo desenrolló de las mantillas y pese a que olía a excrementos, decidió que no podía desperdiciar la canción que sonaba, la música sinfónica que cantaba Camilo Sexto como un ángel, y que me creo que era el aria de *Jesucristo Superstar*, que tenía tanto éxito. «¡Hala, hala, me voy a hacer con el respetable!» Pensaba insensata, segura de triunfar por arrimarse a esos gorgoritos religiosos. No sabía la que le esperaba. Con el niñito entre los brazos fingía bailar con Severito, como una bailarina profesional. Era muy fina. Se ponía de puntillas, para lo que se descalzó los zapatos de tacón (lo cual aún la ponía más a ras del suelo), y daba el todo por el todo, y eso que hacía más de diez años que ni se acercaba a la escuela de danza clásica. Suplía las acrobacias por pasos elegantes de fácil ejecución, con finura, y dio a entender que estaba a la altura de las circunstancias, y que su educación, como mínimo no desdecía a la de los Hernández: ¿quién no desea tener un apellido que te engole, eh?... Su vestido de gasa beige, con volantes desde el talle hasta las rodillas, daba a sus giros esa gracia de las profesionales, que levantaba admiraciones, algunas algo cándidas. Su collar de perlas negras regalo de su madre, traídas por esta desde Majórica en barco con billete de primera clase, estaba impreso en las retinas de todas las muchachas, sobre todo *en las de las que* —las retinas me refiero— saben algo de distinción: la gente menos corriente sabe que las perlas negras son más caras.

¡Qué torneo se avecinaba! La Cloti es la Cloti. No se olvide nadie que lleva los genes de Severo. Es verdad que aplaudió, pero mientras se iba apagando la traca de los aplausos tiró su chal de imitación de astracán al suelo (que se manchó todo de cabezas de gambas y cosas peores) y puso en marcha el tocata. Rosalía se sentaba en su sitio como el que ha hecho algo y daba un besito a Carmelo sin *desjuntar* los labios, con elegancia y le dijo que cambiara los pañales al Severito antes de meterlo de nuevo en el carrito, como el que guarda una herramienta.

Era nada menos que *Je t'aime* lo que sonaba por el altavoz. ¡Qué lista es la Cloti! ¿Acaso no había sido una asidua de las mejores discotecas aunque ahora estuviera retirada, o casada? Era la canción con la que «más braguetas se arrimaban» en toda Valencia. Era pornografía cantada para groseros, pero Cloti ¿qué podía hacer con sus armas? ¿Acaso tuvo escuela de danza, como la otra? ¿Había *estudiao* algo que no fuera cómo pilotar un peine, o cómo echarle a una peluca la laca, o poner cuatro rulos? Pues no... pero tenía distinción suficiente como para iluminar una cloaca. Era la mejor Hernández, o al menos la única capaz de convertir en mérito la cara dura. Me hubiera gustado estar allí para verlo, porque mira que dio que hablar: simulaba que bailaba con un hombre de dos metros o tres. Daba vueltas y vueltas por la sala esquivando los desperdicios del marisco que había por los suelos, y tiraba miradas a los varones, les clavaba sus ojos claros: no había ni un solo Hernández o de otro apellido que no se imaginara ser él el gigante. Alguno creo que hasta se ahuecaba el pantalón para aliviar la presión. ¡Qué picores sentían los muchachos! Yo mismo parezco vivirlo al escribirlo. Luego besaba el envés de su propia mano como hacen los príncipes con las princesas. Luego cerraba la mano como para guardar el beso, como si su regordeta mano fuera un recipiente o un joyero. Digamos que envasaba el beso del afortunado. Primos y amigos, y hasta algún camarada de Severo, imaginaban que les viajaba desde el cogote hasta abajo, *resbalándoseles* por la columna vertebral como una pasta, algo: era el deseo de sobarle allí mismo las tetas. Los romances imaginarios se mezclaban ahora con el aroma de los mejillones al vapor: el Marisquero era el restaurante que mejor los hacía, sólo con laurel, pimienta en grano y limón. No hay valenciano al que no le encanten. ¡Qué ceñido era el vestido de la Cloti! Bajo las cazuelas del escote le corrían riachuelos de plata hechos de lentejuelas que ella misma se había cosido. Cuando una valenciana hace eso (lo de bailar insinuante, me refiero)… No hay mujeres *de* guapas como las de allí. Valencia en belleza es un «jardín de flores». ¡Qué calenturienta estaba la sala! Cuentan, y debe ser una mentira, que los helados que empezaban a servir parecían merengues soflamados al horno. Cuando sonó el último jadeo de *Je t´aime… ¡ah!... moi non plus* Cloti arremangó la falda para hacer una reverencia pero se la notó que era para enseñar sus bragas. Hubiera parecido una cualquiera a no ser porque era muy distinguida. Saludó a la mesa de la presidencia, la mesa del bautizado y bajó el torso hasta que sus pechos se convirtieron en simples tetas, desplazadas de sus recipientes por el efecto gravitacional. Dejó claro que el sujetador y las bragas eran a juego, del mismo color hueso-mamut, casi beige.

Cloti ganara por KO, y los signos de los invitados eran *inerróneos* o *inequivocados*: aplausos, golpes con las cañas de cerveza contra las mesas, patadas al suelo, pitidos y chiflidos con los dedos en la boca, algún «¡Tía buena!», y un «¡Hostia nano de categoría!». Cloti hizo el gesto de quitarse las bragas para cortarlas a pedazos y subastar los cachitos como era costumbre entre la clase media (no en la media alta) en las bodas, con la ropa interior de las novias valencianas, pero no era esa su fiesta… Bastó el gesto para que todos los Hernández e invitados supieran que se podía haber sacado un dineral de haberlo hecho de veras. Hasta yo comprendo ahora, al escribir, el fracaso en el rostro de Severo: los peldaños a los que él aupaba a su prole se daban *hostiazo* en el agujero de las clases bajas. Sólo él se daba cuenta del puesto termométrico en que esto colocaba a los Hernández, sobre todo ante su jefe que estaba allí mirando. Escrutó a Julito «a ver qué», comía su helado pero cabizbajo, se tapaba la cara con la copa tremenda que se jalaba, y creyó (¿quién sabe lo que pensaba el crío?) que era el único, pese a ser tan joven, que el día de mañana salvaría el honor. Severo sufría la vulgaridad de sus hijos y de Juana, pero le salvaba su Julito. ¡Cómo sufre mi Titán!… Él pensaba que si alguien hubiera hecho una encuesta nadie en la sala hubiese acertado que los ojos de Cloti eran «tan claros y preciosos como dos esmeraldas en el mar»… Efectivamente, eso es lo que pensaba, y es chungo ver a tu hija como una *putarata*. Pero Severo no la condenaba, porque a un padre sólo le es dado amar cegato. «¡Pobre clueca mía!» Eso sí que es verdad que lo dijo para el cuello de su impoluta camisa, no sabía Severo que las gallinas no son mamíferos y que… no sé, pero por estar cluecas no quiere decir que estén «calientes» para *recibirse* al macho… No sé, no sé. En esto, en Ciencias Naturales, deja mucho que desear mi Severo. Bueno, el caso es que así quedaba la primera competición de la noche. Ahora voy con la segunda.

Rosalía, perdedora y pálida —parecía el retrato de un Borbón— se rendía, y casi desvanecida no le daba el careto para disimular y se juró nunca más provocar a la Cloti. En el futuro, ambas no sólo iban a ser como hermanas, sino del todo inseparables de amigas.

Severo, humillado, indeciso, desconcertado, agotado incluso, pero responsable, quiso borrar dicha imagen superponiéndole otra que corrigiese tal falta de distinción, algo más acorde con la posición social que imaginaba. «¡Qué podía hacer!» Pues intentarlo. Lo que hizo. Subió al improvisado escenario (una tarima hecha con cuatro tablas que habían sacado del almacén en el que guardaban los barriles de cerveza) y propuso un divertimento: era el turno de un hombre verdadero, pero que en su bondad no se percataba de la bajeza de algunos de los Hernández, sobre todo de los que venían de las planicies toledanas.

—Señoras y señores, quisiera proponer un...

Tuvo que repetir la llamada, pues los invitados seguían eructando los gases del anterior show. Cuando los comensales se percataron de Severo y se callaron, este les obligó a alzar sus copas por el bautizado y tras el brindis quiso adornar el salón con palabras bellas y de su cosecha. Las traía preparadas por si acaso:

—Es de los Hernández esta primavera —*poemaba* con un gusto nada corriente en un barman—, que ha nacido de la sangre de Carmelo y del sagrado y bendito vientre del mundo entero (que desinteresadamente ha prestado para su uso Rosalía), un retoño de orgullo, no sólo para los Hernández, sino para los Toribio, los Conejo y los García.

Con ello homenajeaba a todos por igual, a Juana, y a los apellidos de los padres de Rosalía. «¡Joder qué buen gusto!», chillaban por atrás. Creo que era un García con toda la pechera salpicada con el tomate de la salsa de las patatas bravas. Ello denotaba clase, pues era fácil en aquellos tiempos nombrar sólo los apellidos varones. Se enardeció el ánimo y se descorchó *Codorniz* etiqueta dorada. Severo hacía lucir con su categoría al Marisquero, elevaba el nivel, pero por lo bajo se oía murmurar a la envidia, en semielogio, comentarios asquerosos al origen de su talento, siempre con la coletilla de «y eso que es un triste camarero». La envidia es muy mala.

—¡Julito, a ver! —increpaba a su hijo de lejos y con su vozarrona muy alta. Arriesgado era (aunque es mi opinión) lo que se proponía, aunque Severo nunca se equivocaba— ¡Julito hazle una pregunta a tu padre que te parezca muy difícil!

Y comenzara el juego que tenían Julito y su padre preparado. Juana, conociendo lo que venía, se hastiaba pues pensaba que eso desmerecía a la fiesta, que «muy bien que iba», en su opinión. Estaba muy guapa y el hecho de ser analfabeta no se le traslucía de entre los pliegues de su vestido negro y largo de fiesta. Que no se le notaba quiero decir.

Cloti, en cambio, «la Coitos» —como se la llamaba desde que era joven—, como adoraba a su padre se puso a aplaudir por anticipado, con lo que daba a entender que al igual que ella estaba reputada en el baile, su padre se iba a reputar en otra cosa, aunque reputación por reputación a ella le gustaba mucho más la suya. Así era de todos modos el amor a su papá querido. La Cloti de pie con la cabeza ladeada, con distinción, ponía su anterior exitazo al servicio de la siguiente actuación. Y Julito, que envidiaba a su padre por la habilidad que estaba a punto de representar, también de pie, *en firmes* preguntó para que lo oyera todo Dios:

—¡A ver, papá! Dinos y sin e-qui-vo-car-te cien números de matrículas de coches con nombre del propietario, apellidos, profesión y dirección que vivan en la Avenida de los Mártires.

De la cartera nueva, que le había comprado su madre para estrenar, sacó un papel con el que verificar uno a uno los aciertos, y dispuesto a, así lo *hacería*. Quiero decir que las equivocaciones, Julito las certificase con una lista que sacase de su arrugado traje, en caso de sí, o de si no, o sea, de que se fuera *equivocadose*.

Por supuesto que la memoria de Severo daba para eso, para mucho y para más. Aunque para ello empleaba demasiado esfuerzo y tiempo libre, se sentía orgulloso de no conocer a nadie que le *cabieran* tantas palabras o números en la chola. Algunos comensales cuyos datos se cantaban certificaron el acierto, «¡exacto!», «¡prodigioso!». La alegría se repartía por el local. «¡Curioso!» «¡Qué inteligencia, para ser un camarero!», decían los más cabroncetes, o «qué desperdicio», decían los cabrones. Pero esto no había de durar, pues al haber Severo puesto ese toque de desafío, Dani, hijo de su padre en entusiasmo, sin mala intención, pero sí con unas ganas muy gordas de competir por el aplauso, salió a recoger el reto ¡el muy insensato! Se encaminó a la palestra para apropiarse del aplauso de los indecisos, los que aplaudían sin gana, como si hubieran visto a un forzudo entrenar en un descampado.

Dani había estado a punto de aprobar un módulo de carpintería, hasta que se aburrió. Lo dejó animado por otras aficiones «más artísticas», y eso que sólo estaba a medias dotado. Su ilusión era hacerse cantante profesional, y soñaba poco, se conformaba con ser un cantador de medio pelo, de esos casi pordioseros que recorren las fiestas de los pueblos. Había hecho prácticas de micro trabajando en una tómbola, y un año en un bingo. ¡Qué disgustado tenía a Severo! Pero él no, él estaba contento. Todo lo que tenía de pequeñito en tamaño lo tenía de arrogante, y aunque a sus diecisiete años ya estaba prácticamente calvo, lucía unas gafas de sol negras que le daban un toque muy moderno: nadie en Torrente se hubiese atrevido a ello. Y caminaba con ese paso corto tan *dudoso* en lo masculino (que a mí no me importa... tengo yo un sobrino... aunque el disgusto no hay quien te lo quite), esas maneras que repugnaban tanto a los padres de aquella época. Por si fuera poco llevaba colgada una de esas *mariconetas*. Pero así era Dani, el más moderno de la familia. Aunque por otro lado era mucho más distinguido que Carmelo, siempre entre esos guarros de la obra, que escupían y sudaban y catalogaban el culo a las tías que pasaban. Ya empezaban las mujeres a ir de cualquier manera.

Sin música, lo que aún tiene más mérito, cogió una patata pinchada en un tenedor a modo de micrófono (me refiero a Dani), y cantó con más gracia que voz una canción del malogrado Nino Bravo, que al ser valenciano hinchaba los corazones: es el mejor cantante que *habemos* tenido en Valencia. A mí se me saltan las lágrimas siempre que pienso en cómo se mató el pobrecito en la carretera de Madrid en un coche. En el momento en el que Dani cantaba el estribillo («cuando Dios hizo el Edén, pensó en América») se levantaron todos y ya no le dejaron acabar. El primo Rafa de Toledo que era afilador (legal cazador los domingos y furtivo a deshoras), le levantó en brazos como se hace a los toreros. Dicho revuelo desplazó literalmente el éxito de Severo hacia la zona del olvido, incluso sufrió el empujón de la tía Consuelo que tras pisarle le aplastó contra una mesa, al correr a abrazar a su sobrino, a gritos de

«¡cantante, cantante, ole tus cojones!». Es verdad que el estribillo lo había bordado.

Severo, al llegar a la mesa tuvo que escuchar la frase que más odiaba en los labios de su amada Juana:

—¡Joder, Severo! —se quejaba muy irritada, y sin razón—. Yo soy tonta, pero me lo reconozco… ¡pero tú!… tú te crees algo, y ya sabes lo que te decía mi madre: «Severo, Severo, mírate bien la cara, que quien pudo ser melón fue calabaza».

Severo tuvo el impulso machista de cruzarle la cara allí mismo, pero era hombre que se elevaba en la adversidad, amarrado al anhelo de mejoría que tiraba de su alma, como si le llevara de un cordel.

Última redacción de la tercera historieta: el milagro

A la noche le faltaba la guinda.

Como hacía mucho calor, Severo salía del Marisquero con la chaqueta bajo el sobaco, sólo con su chalequillo de camarero, todavía impecable después de todo el convite y con la corbata negra ajustada a su cuello: nadie hubiera creído que había servido a más de cien invitados. Alegre por el bautizo, por su familia que se afianzaba entre las mejores familias de su barrio, pero cabizbajo de no poder trepar del todo a su pirámide social. Por dicho asunto daría su vida de ser preciso. Se quejó a la valenciana: «¡Qué mal, che!».

Hordas de jóvenes caminaban por la avenida a sus cenas de sobaquillo (que se llaman así porque ahí se suelen llevar los bocadillos envueltos en papel de plástico). Era tan animada la nocturnidad torrentina que podías ver a muchos jóvenes que se dirigían a los *casales* falleros, o a las cofradías, o a pelar la pava, a rajar ruedas a los coches, o simplemente a divertirse a pedradas con los cristales… ¿Quién no ha hecho eso cuando tenía bigotillo?

Caminaron juntos en silencio. Los Hernández. Los invitados se habían recogido antes, después de despedirse agradecidos y con gran educación. Los últimos en abandonar el Marisquero habían sido ellos, tan solo la unidad familiar, esa privilegiada unión que Severo estaba siempre dispuesto a preponderar y liderar, y que tanto apoyaba nuestro Régimen. «Hijo y nieto de peones camineros, que había llegado a acomodador y camarero», como él decía obsesivo en analizar el perfil del que partía… Pero se le desvanecía el punto imaginado de llegada, lo veía cada vez como más difuso. Que mucho los quería a sus hijos, mucho, ¡pero qué asquerosos! Salvo su Julito: cada vez le ponían más difícil su sueño, «acariciar el cielo de las élites».

—Rosalía es maravillosa —le dijo Juana sin parar de caminar, y como parecía poder escuchar sus pensamientos, siguió— confórmate ¡ya tienes una familia *del Dos*!, ya tienes una nuera y un yerno ¿no era eso lo que querías? ¡Cómo ha *bailao*! ¡Parecía una gran dama!

Y tenía razón, así que se calmó un poco. Y entonces como su anhelo no tenía vacaciones pensó, «¿y el ahorro qué?» Echó sus cuentas, con todo lo que él tenía que pagar todavía, más el embolado de Cloti y ahora el de Carmelo. «Porque Rosalía muy buena y todo lo que tú quieras» se decía, «pero su familia no tiene un duro». Desde luego nadie les echaba una mano. Se le hacía dura la vida. No veía el momento de que Julito pudiera estudiar, como no acabara el bachillerato con cincuenta años. Pensando esto se desoló.

—¿Viste a *tu* Dani cuando salió a cantar con esa gorra zarrapastrosa puesta del revés? —increpó a Juana al pasar por la puerta del cine.

Estuvo a punto de callarse, pero la *guarra andaluza* ¡tenía una boca de negra!…

«Para puta y *apaleá*, mujer *honrrá*» se dijo, «que no va a estar una jodida y encima con miedo». Y este carácter a Severo le gustaba, claro, porque no es hombre de amar lo mustio. Juana estaba demasiado orgullosa de lo visto como para dejar que Severo le aguara la fiesta. Contestataria levantó la voz a su marido, lo que era falta grave: «¡Qué quieres que haga el chiquillo si está calvo! ¿No cantó acaso como los ángeles?… ¿No será *de que* te jodió cómo le aplaudían?» Parecía tener un don para encontrar a ciegas el agujero de más pus en el que meter su dedo. Severo se calló y desapareció su mundo y caminó acompañado en la mayor soledad, conformándose con el respeto que pese a todo mostraba toda la *gente bien* hacia su apellido, sumido en el lugar con el que soñaba aparcar en su posición social, y que en cuanto creía rozarlo sus hijos lo dinamitaban. Como no le salían las cuentas para sus propósitos (se entiende, pues ni pasaban hambres ni estrecheces), dijo en voz alta que estaba dispuesto a emigrar, medida muy frecuente en aquellos tiempos, razón por la que ya una vez había abandonado su Murcia natal, cuyo mapa ya dije ¿no?, llevaba grabado en su memoria. Julito, que ya era un hombre, pero que veía desmoronarse a su padre, y que era el único que le comprendía, le dio un auxilio sentimental, algo con lo que tapar el agujero por el que se le iba la alegría: «no te preocupes, papá», y le cogió la mano, que Severo retiró de malas maneras, pues era hombre de tomo y lomo, y aún había gente por la calle que podía mirar. Además ya no era un crío, sino casi un adolescente. Pero en su interior lo agradecía. Al llegar a la altura de la calle Primo de Rivera, que sólo ya el nombre le imponía por lo que significaba, por su afiliación cuando era joven, y que aún guardaba la camisa, miró dicho chaflán «acojonante» y soñó: «si se alquilara… es la mejor esquina del mundo para hacerse millonario», y la miraba con envidia, y veía en aquel local vacío una paraeta, no para él que aún tenía músculos, pero sí para Cloti, o ahora para Rosalía, «para que apuntalaran la economía».

De pronto, en frente, junto a la acera de los Helados Tomás se oyeron los gritos terribles de los paseantes y los borrachos. Se detuvo la alegría, se le paralizó la respiración al tiempo. Había tenido lugar un accidente: un camión de grava, que hacía horas extras para el trasvase Segura, al girar una esquina enganchó a una niña que jugaba con otros niños a «parao rescatao». Era usual, en noches de primavera, debido al buen tiempo, que los niños jugaran después de cenar en la calle: así beneficiaba a los torrentitos el clima mediterráneo.

¡Qué hombre más singular! Se lanzó hacía allí como un animal perseguido y sin pensarlo metió su hombro bajo el camión, con la ayuda sola de Pedrito, el panadero, que aún no había entrado a trabajar, y que compró luego un motocarro para ganarse la vida por su cuenta. Un trabajador. Tal era la fuerza que hacían ambos y tal lo determinados que estaban en levantar el camión, que lo movían. El camión había quedado atascado contra las vallas de la esquina, y no se podía destrabar. Bajo la rueda doble de atrás estaba la cabeza de la niña aplastada. Severo gritaba como un hombre furibundo al que le han quitado el alma, y parecía hablar el idioma de los nativos africanos, pues no se le entendía nada, distorsionada la voz por la rabia. Levantaron el camión casi un palmo y alguien sacó a la niña destrozada. Yo no hago correlaciones, pero no he visto nada más parecido a un milagro, y como tal lo contó la gente años después. Cada cual que crea lo que le venga en gana.

Ya en casa, horas después aún estaba deshecho en todos los sentidos. Juana con su costurero forrado de seda negra en el que había mariposas y flores que habían sido bordadas por su difunta madre, con su madera elegantemente lacada en rojo, intentaba sin éxito remendar el chaleco de Severo, destrozado contra el chasis del camión. Severo no paraba de fumar y tiraba las colillas al suelo como fuera de sí.

—¿Has visto lo que ha hecho tu Dios esta noche con una indefensa criaturita? —postuló así la culpa del Divino en lo acontecido.

—¡Pues claro! —contestó Juana clavándole la aguja al costurero como si tuviera la culpa—. Ha hecho un milagro. ¿Tú no lo has visto? Os dio fuerzas para levantar un camión.

—No me jodas, Juana, ni lo movimos hasta que el conductor fue capaz de subirlo a la acera —defendía así su sencillez, que pensaba que no había hecho nada, como todos los Titanes del mundo, a quienes no les es dado ver el tamaño de sus proezas.

Como vio Juana que Severo seguía sufriendo y eran las tantas y mañana había que trabajar, y como le quería más que a su propia vida, como amaban esas mujeres de antes, con confianza a sabiendas de que jamás se enfadaba, le dijo:

—Mira, Severo de los cojones, tómatelo como quieras, pero si no moviste el camión, el milagro fue *de que* la cabeza *de que* estaba *esclafada* bajo las ruedas no era la de tu querido Julito… ¿Eh, qué dices a eso… eh? ¡Contesta!… —y le miró a los ojos hasta que Severo soltó sus lágrimas, y cabezona como ella sola (algunos decían que parecía maña), insistió— pero que sepas que el camión se movió.

Cuando había fumado todo lo que tenía en casa y apestaba ya la *finca* entera, harto de sufrir, lo dio por zanjado. Miró hacia el techo y se le presentó como inútil todo esfuerzo, y se dijo: «no conseguiremos nada». Moralmente descuajeringado se quedó fijamente absorto en la lámpara de cristal de roca color bronce que colgaba del salón. Era majestuosa, casi en exceso para el humilde salón, aquella que compró a plazos en la fábrica de los Peris Andreu: en dichas lágrimas de cuarzo cristalino vio reflejado el rostro de su Julito, e imperceptiblemente sonrió.

CUARTA HISTORIETA

Primera redacción de la cuarta historieta: el eclipse. La banda del Bartolo

«Yo tenía una granja en África» recitaba Severo mirando la cornisa del alero del cine Liceo, extasiado por la película *Memorias de África*, que había herido su delicada sensibilidad, segundos antes de echar el cierre de metal, —aviso— la última noche que va a trabajar de acomodador nuestro Titán, este hombre extraordinario que…

No. Todavía no. Antes me falta por contar lo de Benidorm. Además, *Memorias de África* de Sydney Pollack se estrenó diez o doce años después. ¡Joder, cómo estoy!

Rectifico. Primera redacción de la cuarta historieta: la despedida

Un año o dos después, en junio o julio, con luna llena o con truenos y rayos espantosos —lo que no importa, no importa—, un sábado por la noche, en resumen, Severo había convocado «reunión de los Hernández», ya se verá para qué. De momento deambula solitario apretado el seso como en la olla Magefesa a presión. Los Hernández compraron una Magefesa porque era signo de distinción. Deambula solitario por su fortaleza. Se le sale, se le asoma la cadena de su reloj graciosamente por el bolsillo de su chaleco de camarero. Reloj que perteneció a su padre y antes al abuelo y antes al padre del abuelo, y así hasta no se sabe. Era muy antiguo. De gran valor, sentimental, pues nunca nadie, ni Severo, lo habían visto funcionar. Deambula por el pasillo y entra en su habitación y recorre con su mano —como el que lleva pupilas en los dedos—, el aparador en el que su señora se peina cada noche antes de tirarse en el lecho. Peinetas, diademas, alfileres, horquillas, rulos y una redecilla con las que Juana mima sus pelos distinguidos, «lo más bonito de mi chata», como *la* dice Severo de piropo. Una alfombra de pelo largo para los pies, un sencillo crucifijo, «la cruz de Juana», la que él permitió intransigente con lo Invisible, y la lámpara de los Peris, que magnífica distinción que da. Una colcha de ganchillo forrando aritos de plástico y un cabecero de madera, tosco, sí, pero para mí lo quisiera. Un sillón que era de barato escay y luego tapizado en terciopelo, daba el pego, una mesita de noche (la que con dos cajones guarda sus tesoros) y una cómoda de railite en la que mi hombre extraordinario escribe cosas, con su lápiz, cuando puede. A lápiz, porque a boli escriben «los que sientan cátedra», dice, «los que se creen muy listos, los cabrones». A lápiz escribe quien está dispuesto a borrar sus equivocaciones, porque Severo tiene una goma de borrar, de las de Natilla. «¡Guerra al bolígrafo!» gritó una vez, «la vida se escribe con el lápiz y con letra pequeña». Además Severo odiaba los tachones. Aspira el aroma de su hogar, y los hedores de las cocinas de sus vecinos violan su espacio, entran hasta adentro, hasta en el dormitorio, un tufo a sardinas en ajena plancha le penetra. «Los ricos no tienen vecinos», sentencia el héroe, y tiene razón, por encima de la clase media alta a la que pertenece, hay gente más rica que él, apta para la envidia, si fuera otro, pero no, porque es un héroe, y ¡porque no! Hay mucho amor apegado en las paredes de ese dormitorio. Se palpa las sienes y con su mano alisa su lacio pelo peinado hacia *detrás* y recorre su pasillo. Entra en el comedor, se pone *firmes*, se cuadra, taconea en el terrazo, como un capitán ante el retrato del Generalísimo y el de Primo de Rivera. Sonríe, pues si no se doblega ante Dios tampoco ante seres terrenales, pero les respeta. Es uno de ellos, pero sin fanatismos, y recuerda cuando Fraga le dijo eso tan fuerte de «por mis cojones gallegos». Se enorgullece por dentro, se guiña un ojo a sí mismo, sonríe de nuevo, maldice a los hijoputas que quemaban las iglesias, y mira que él odia a los curas, pero una cosa es una y otra cosa es la otra, que «¡estaría bueno!». Murmura algo indescriptible, inaudible, inapreciable, *intrepitoso*, y como un pez que decide comenzar su viaje de millones de kilómetros por los mares tras abandonar el nido, ¡zas! aprieta las mandíbulas y, «huevos, Severo, échale huevos» se dice para su pecho, y en voz alta dice:

—¡Familia! ¡Comienza la reunión!

Como corderitos entran todos, que salen por todas partes como hormigas si *estuviéranse* escondidos y se sientan, pero no hay en donde sentarse para todos, y Cloti, con esa distinción *de que* tiene se queda de pie, pero Julito que ya es un hombrecito le cede el sentarse. Severo los mira con cara de monja, con devoción, como mira una monja sus aperos, sus rosarios y cilicios y demás.

—Ya os ha dicho mamá que el cine se cierra…

—¡No jodas, papá! —interrumpió el Dani que por lo visto no se había enterado todavía de nada.

—¡*Callar* todos! —como un policía lo dijo, a lo que las mujeres bajaron la cabeza y los hijos supieron que algún día harían ellos lo mismo con sus parientas. Pero reparó su mala leche enseguida y habló como el paladín que era de su clase social:

—Padre se marcha —todos jodidos apechugaban ahora, callados, a la espera, *expectorantes*— y ya volveré *en cuando* hasta que los vientos nos sean favorables. El jefe del Liceo dice que en tres meses acabarán la reforma.

—Joder, papá —replicó Carmelo, que al ser un hombre podía—, cómo no ha llamado al Pelusa, a mi suegro… ese cabrón del Liceo por ahorrarse unas pesetas es capaz de contratar albañiles de tercera.

Carmelo protestaba porque ya le gustaría a él meter su paleta en el cine, que era obra de las buenas.

—Eso es cosa del jefe, y ahí no se meta ni Dios. El cine estará cerrado tres meses. Y no se hable más, que padre se va a Benidorm *pa* hacer el verano. El Marisquero tiene allí una sucursal que da dinero como nada, y no voy de cualquier cosa, no, que el jefe me manda allí de *encargaete*, a controlar a los jovenzuelos, a ganar dinero ¡hostia!, que la cartilla está muy jodida. Aquí os quedáis con mamá, y a cuidarla, y os dejo el carromato por si lo necesitáis para algo —pero mi Titán no iba a irse así, y les metió caña más sustancial como si *se dijera*, les señaló, por si se hubieran *descuidao*, el listón de los Hernández—. Sabéis de mi sueño, los Hernández somos *de bien*, y las *gentes de bien* lideran la sociedad, porque ya sabéis, o somos Dirigentes o Menospreciables, pero no caben más. Si Franco no hubiera soñado con una España unida, ¿qué? ¿Cómo estábamos antes de la guerra? Si todos los Ramones y todos esos Cajales del mundo no hubieran soñado, ¿qué? Si vuestra madre no hubiera soñado con teneros ¿eh?... Ahora los Hernández tenemos problemas de efectivo, somos damnificados de la vida, pero nos *izaremos* por encima. Los Hernández soñamos, y el que no sueña no es un verdadero Hernández. Los sueños son la gasolina del mundo.

¿Qué hombre de esa España sin haber estudiado podía hablar así? Y ya nadie le chistó. Los cofrades, Dani y Carmelo (porque este, aunque albañil, seguía con la corneta a cuestas), no le llegan a la altura de los zapatos, Rosalía la bailarina no le llega y es una Hernández adoptiva que acaba de llegar, como quien dice, Cloti no le llega, su Raúl el *fuengirolo* no le llega, Juana no le llega, y Julito es solo una promesa, la conjetura de un puñetazo hasta que se amorata en hematoma, ¿no?

Para los Hernández era de miserables e ignorantes emigrar, pero la cartera y la nevera eran lo primero, y además todos sabían *de que* Julito tenía que estudiar algún día. Una vez que salió de su Murcia natal, Severo ya rompió la mano en lo de emigrarse, por eso ahora ir a Benidorm era como reconocer un amargor que se le ha *quedao* a uno pegado en la lengua. Ya volvería él allí aunque fuera a morir: a Murcia.

Juana quiso poner su distinción junto a la de su marido. Pena que no concordaba casi nada su distinción en las maneras con lo que le salía de la boca, que parecía más que boca, una bocaza. ¡Qué mal se expresaba! Creo, que no sabía ni leer.

—Papá lo hace *por bien* —empezó bien Juana, pero miren ustedes cómo se torció enseguida—, *semos* ahora *centinelos* de los Hernández, pero vuestro padre se deja a los García y a los Toribio, que parece que nos *fueran descosío* el apellido de la pechera a los *demases*. En estas ya *sos* digo *de que* cuando vuelva, *tos se* vamos a soñar no sólo él, que *estemos* hasta el coño de parecer *que* una es una mierda, y *ansí* se vos meta por la cabezota de *zanoria* que *tenís* tos, que esto ni hablar. *Quiere decirse* como decía mi tía Frasca en paz *estea*, que «*pa puta y apaleá, mujer honrrá*», o sea, que *haiga pa tos*, o sino *na, to pa* Dios.

Si el mundo fuera como esas pelis mudas de antes, pareciera Juana una reina, pero al doblar la película el público *salería corriéndose*. No hablaba como los andaluces pues había *emigrádose* de niña, y no tenía el deje, pero es como si *hubiéranle* cosido las palabras del revés. La Cloti —la Coitos llamada con mala sombra— que tenía de la madre la distinción y de su padre la palabra, y en general de los Hernández la bondad, se levantó y *la* dio un abrazo que allanaba todas las impurezas que, como la escuela no las había taponado, habían rebosado. Estaba Juana muy guapa gracias al plan Pons belleza en siete días que la Cloti le había aconsejado, siempre tan relacionada con sus amigotas de las peluquerías. Ella no trabajaba. Era una señora, pero de consejos de *esteticienes* entendía la que más. Parecía que los agujeros de la cara de Juana hubieran *tapádose*. Había mucho silencio, como antes de empezar las guerras. Todos sin *exceptos* cerraron filas ante el emigrante y le dieron sus bendiciones. Los hombres le dieron la mano o un abrazo y las mujeres, incluido la nuera Rosalía, besos fraternales. Julito le dio un beso, el último que se le iba a permitir, que ya era un «hombrecete», le dijo el padre, pero se dejó «por ser la última vez», y Juana le guiñó un ojo, y ya le daría ella el sábado «pa que te lleves la joroba llena pal desierto», esos placeres que a Severo como hombre de pelo en pecho le gustaban. Luego sonó el timbre. Era Rosendo, el amigo electricista que venía a echar unos chatos de blanco y a despedirse.

—¡Saca unas aceitunas rellenas, Juana! —ordenó Severo agradecido de su hogar. Si le hubiera sido permitido llorar… hubo La Española para todos, la marca de los Hernández.

Segunda redacción de la cuarta historieta: Benidorm
(Me propongo aquí subir a lo más empinado de la cuesta para que se entienda el *hostiazo* de la caída)

De Benidorm sólo quiero contar lo que pasó cuando en la terraza del Marisquero *Vich* (*Vich* es playa en inglés, pero no sé cómo se escribe) se sentó Don Camilo José Cela. Se llamaba así —el restaurante— porque si te comías una paella de marisco antes de que el último grano de arroz llegara al esófago ya estabas con la tripa mojada en el agua. El Mediterráneo —todo el mundo *se* lo sabe—, es la cuna de la civilización, porque de él provienen los romanos, los egipcios, y los chinos, y otros pueblos menos importantes. Hay quien decía ya que Benidorm iba a estar pronto *de modé*. Poco sabían esos. Benidorm es el rincón más cosmopolita, animado y *hospitalitario* que hay en el mundo. Yo no he salido de España, pero por lo que oigo… Benidorm es, en dos palabras, «im» «presionante». A muchos el sol no les gusta. Son gente enferma o mala. El sol de Alicante es el más luminoso del mundo, salvo, si quieres el de Valencia, donde tenemos esa luz maravillosa que todo el mundo envidia aunque no lo digan. Sorolla no inventó nada, sólo miró hacia arriba y dejó que su paleta se llenara de luz y colorines, después pensó en los países del norte, desde Flandes a Moscú y aún se está *descojonándose*. Sólo los valencianos sabemos lo que digo. Bueno, pues Don Camilo se sentó entre sol y sombra, con pantalones cortos y una piba muy joven con la que parecía *enñoñarse*… que congeniaban.

—¿Me permite un autógrafo, Don Camilo? —le entró Severo con educación y empaque, con humildad pero sin rebajarse, de tú a tú, como quien dice, sin complejos.

—¿No ve usted que voy de incógnito? —se zafaba la eminencia, pero enseguida mostró *filantropriorismo,* y sacó su pluma del bolsillo—, venga, traiga aquí esa servilleta.

Severo estaba triste porque no tenía en el bar su libreta, un cuaderno *amarrón* que él tenía para fijar allí sus ocurrencias. Lo llevaba siempre en la chaquetilla blanca, pero se le había *olvidao* «el día que más lo necesitaba, joder».

Ahora voy a contar lo que pasó después de hincharse a marisco Don Camilo y la muy linda que estaba con él:

—¿Le *inoportunaría* que me sentara aquí un momento con ustedes?

Eso exactamente les preguntó Severo, porque era casi él el jefe, y porque como era entre semana había poco trabajo. Puso la bandeja en el suelo y se puso al lado de ese monstruo de las letras, y le rozaba con su pierna a la del otro, pierna de camarero al lado de pierna de gallego, la pierna más universal del mundo mundial, el representante más *predilectito* de la gallegada. «No te achiques, Severo», le hubiera dicho yo de estar allí, «que si no le pasas en letras, le das cien vueltas en *filantropriorismo* y en caja torácica, la que tienes para que tu corazón le *caba,* que *te se te* sale del pecho de lo grande que lo tienes». Hablaron de tú a tú más de una hora o más. Salieron temas de música y Severo se explayó de la aprensión contra Julio Iglesias, y eso que Don Camilo le defendía, pero Severo no retrocedía y Don Camilo tomaba notas como un poseso. ¡Don Camilo tomaba notas de lo que le decía un triste camarero! Salieron a relucir temas como el de su cuna de los peones camineros, de las nueras que a Severo tanto le importaban, y más detalles de su familia, de su Cloti, y sobre todo de su amor por Julito su predilecto. Don Camilo le tiraba de la lengua y también le habló de un hijo suyo en el que tenía puestas muchas esperanzas. Hasta lo de la cartilla se lo contó al gallego y este subía y bajaba la cabeza como al que le están dando lecciones sobre la estructura humana. Como la linda se desesperaba, Don Camilo *la* riñó y *la* dijo literalmente: «que te vayas a la playa, joder, que estoy trabajando». Le habló también de la grandeza de su barrio, de su Fuente de las Ranas, del asilo de los pobres junto a su casa, de la humildad y decencia de su pisito, del amor a su señora, y de que no había mejor sitio para vivir, salvo su Murcia natal, y le dijo lo del mapa memorizado en la cabeza, y el otro se hacía cargo pues también amaba su tierra natal, ese pueblucho suyo, porque para vivir en Galicia hay que arremangarse. Pobre gente. Luego le habló del episodio que tuvo con Fraga, y su amigo nuevo se reía con su voz de ogro, y perdiendo hasta la educación, como si le tiraran de los cojones. A veces *pareceriese* que el paria tenía más edu… que el otro, o sea que el triste camarero que era el menos era el más, como que el escuchimizado de cuna era el gallego o que *in e unclusive*, o *bis y cerbersa*… ¡Qué lío! Da lo mismo. La gente miraba envidiosa. Le enseñó el reloj de su padre y el otro le enseñó el suyo. Se enseñaron los relojes a la manera *respectiversa*. Le contó su ilusión de alquilar el chaflán para su hija y su nuera, montar allí una paraeta para ir más holgados. Don Camilo le entendía porque también es un gladiador de la existencia.

Tercera redacción de la cuarta historieta: el sueño de Severo
(Sigo ascendiendo a Severo por la empinada cuesta, antes del *hostiazo* que le espera)

De pronto, como Don Camilo le invitó a tomar un güisqui mano a mano ocurrió algo increíble. Sacó Severo el mejor, que lo tenía escondido junto a la caja del restaurante, se aflojó la corbata y le acercó la boca a su oreja. La piba ponía cara de asco. Es verdad que Severo olía mal, como cualquier trabajador normal: «hay olores dignos», le hubiera dicho yo a esa tipa, «¿a qué hueles tú?».

—Don Camilo, ¿le gustaría saber cuál es mi sueño?

—¡Venga! —dijo muy sincero el *aconsangrado* escritor.

—Don Camilo, entre nosotros —empezó y puso su mano en el pecho para mostrarle que en el tórax tenía la franqueza—, yo quiero ser un paladín de mi generación, de los nacionales que estuvimos en la guerra y que ahora estamos en la paz. Yo quiero ser listo y trasmitir mi contraseña a las generaciones *llevaderas* —hablaba tan bien Severo, que *pareceriese* que lo llevaba *preparao* el muy cabrón, y metaforizó con sus conocimientos de fontanería, mecánica y cosas de la corriente (la eléctrica) que le había *enseñao* su amigo del alma: que una boya empujaba hacia arriba del espíritu suyo, que un muelle se alongaba… que un carburador tenía una boya que equilibraba su talento… y que una grifa apretaba la tuerca de sus buenas intenciones. Cosas así.

En después, Severo que le había dado un ataque nacional, notándose comprendido por la *inminencia*, quiso hacerse patriota, pero de veras:

—¡Menudo pedazo de país que tenemos! —comenzó de esa guisa mi camarero— ¡Anda que no tenemos en España emprendedores *netos*! —y se puso a enumerar inventos de nuestra raza—. Piense usted en a quién se se *pudía* ocurrir hacerle un *ahujero* en una oliva para meterle luego, por ese advenedizo culo, una anchoa. O la cuchara, que creo que la inventó un español del primitivo. O la fregona, invento de la marca España, la cuchara de madera, sin la que los valencianos no aciertan a comerse el arroz, el *entrepán*, invento indispensable para meter los calamares de bocata, o el cachirulo. No le digo más. ¡Marca España! ¿No le parece a usted?

—Ah y la tortilla española, que se me había *olvidao* —que se le había *olvidao*—, que no tiene *paraigual* en el mundo entero. La botifarra catalana. Y los cachirulos… eso ya se lo había dicho.

Don Camilo asentía cabeza con cabeza y tomaba notas.

Ya *embalao* como estaba con ese puntito que da el alcohol si es del bueno, le abrió hasta el cajón de su alma. *Lese* sinceró del todo y le contó que lo que más le interesaba era eso de la ciencia ficción, y que tenía una idea. Esta: que se había descubierto que el envejecimiento era culpa de un virus o una *victeria* y que todos los científicos afamados del mundo buscaban *efeacientesemente* la vacuna. Y que el protagonista de una historia que él tenía era un científico español que sacó la razón por la que los OVNI venían a la tierra, y que no era para invadirnos, como se pensó *de primeras*, que no querían entrar en la Tierra, sino que venían para que nosotros no saliéramos, porque el virus era intergaláctico y mataría a todos los *aligenígenas* por muchos millones de años luz que tuviéramos *en entremedias*. Los extraterrestres estaban más avanzados en la ciencia que nosotros. O sea, que los *terratenícolas,* nosotros, además de ser los más desaprensivos de todos los habitantes del universo, teníamos el virus tan *lechal* que lo exterminaría todo, el virus de la vejez, porque antes de infectarnos éramos como Dios de eternos y de *impudribles*. Esto le gustó mucho a Don Camilo y tomaba notas muy interesado y daba rodillazos a su piba, seguro que para que aprendiera.

—Tiene usted que escribir todo eso. ¡Qué desperdicio de talento! ¿Qué coño hace usted aquí sirviendo calamares a la romana, tellinas y mejillones? Se le va a *desteriorar* aquí la cabeza. Desde luego no tiene usted espíritu de camarero. Escríbalo todo eso, anda que no hay basura suelta por ahí. Esto que cuenta es magnífico. Es un prodigio de cabeza. Pero me gustaría darle una idea, si no le parece a usted meterme donde no me llaman, si me permite el atrevimiento…

Severo casi se enfada, y le dijo que «por favor», y que para él, «viniendo de un *inminencia*, lo que fuera». Don Camilo se descojonó un poco, pero entendía que bastante hacía el camarero para no haber *estudiao* (*se me* refiero a ese fallo de la palabra por si no se ha dado nadie cuenta, ¿o ya lo conté?). Bueno, pues al oído, y para que no se lo oyera nadie y le copiara la idea, le dijo lo que fuera.

Severo lo apuntó en su prodigio de memoria, y entonces le contó lo de las matrículas de los coches como afición, y Don Camilo dijo: «claro, claro, así se entiende». Entonces bajito y con voz de *otratumba* le confesó al oído que ya lo tenía casi acabado lo de los marcianos, y que le faltaba sólo el final, pero que ya lo tenía en la chola. Severo le dio a entender que sería para él un honor mandarle su «trabajo» a lo que el gallego le contestó como enfadado:

—¡Qué dice hombre! Eso lo manda usted a una buena editorial y se lo quitan de las manos. No pare —le ordenó la envidiable cabeza gallega—, y qué título le ha puesto usted a…

—Mi sueño —siguió Severo— es que al salir mi libro el mundo cambiará en doce horas. Se *despedezará* la maldad de este mundo de mierda y el Bien como una marea se esparcirá allende los allendes, caerán las instituciones, desaparecerá la Iglesia, el Comunismo, los violadores, la ETA, el IRA y *etecetécera*... Le he puesto de título *Hacia una mayor convivencia*. ¿Le gusta?

Don Camilo no podía ni hablar. Como la asquerosa piba no paraba de reírse estuvo a punto de darle una hostia. Severo era tan feliz. Don Camilo se levantó y le dio un abrazo, mientras Severo le decía esa clasificación entre «Dirigentes y Menospreciables», y se despidieron. Severo le dio a entender que su imaginación no estaba todavía consumida y que tenía bocetos de más *ciencia y ficción* en la cabeza, y se la señalaba, y que eran historias difíciles que le *sobrepodían*, le dijo muy humilde. Sólo hubo una cosa que mi Titán no le dijo: no quiso contarle el sueño de reserva que tenía por si no funcionaba su *Hacia una mayor convivencia*.

—Nos veremos en el Diccionario *Enciortopédico* —le dijo Don Camilo—, pero usted se llegará primero, se lo *batirrunto* —algo así le dijo y le cogió por el hombro—. Desde luego me ha hecho usted pensar en los viajes espaciales.

Severo no quiso cobrarle la comilona y eso que era amplia por la mariscada, pero Don Camilo que era un hombre-hombre se negó en *circunferencia*, y le puso en el platito cien pesetas de más. «No joda, Severo, que se paga con gusto, ¡que hacía tiempo que no aprendía yo tanto!», le decía mientras se despegaban. «¡Severo!» Le había llamado por su nombre. Como la piba al final tuvo educación le dio la mano y Severo hizo el bonito ademán de besársela y se fueron. Ella entonces sí que ladeó la cabeza, porque en lo más oscuro de su corazón, allá, tenía educación. Don Camilo movía su mano como cuando te has *quemao*, pero la muy zorra aún sonreía. A Severo no le importaba, porque la ignorancia está hasta en las mejores familias. Esa noche no podía ni dormir pensando cuando se lo contase sobre todo a su Julito, aunque a Juana también le gustaría cuando le dijera que en lo único en lo que no habían

estado al unísono había sido en que *en quitando* a Julio Iglesias,
Don Camilo prefería al Puma en vez de a su Tom Jones. Pero
Severo no se enfadaba porque los demás pensaran diferente.
Así era mi Titán de adelantado en años de tanta soberbia.

Este hecho fue al principio de la temporada turística y man-
tuvo a mi camarero *erecto* como un profesor universitario. Trabajaba con gran ilusión. Servía las mesas. Daba órdenes a sus
«Menospreciables», como decía siempre (pobre, esto sí que
da pena, no tener a nadie que te corrija). Apuntaba cosas sin
parar en su libreta *amarrón*. Ya no se lo olvidaba, no. No tenía
tiempo ni de lavarse la bata. Reponía él mismo las vinagreras,
las aceiteras, las jarras de agua, los servilleteros y los tarritos
de escarbadientes… Sí, reponía los palillos, ¿y qué? Y se iba a
su pensión a escribir sus ocurrencias, como esos bohemios que
pasan hambre y luego son entradas de diccionario. No gastaba
nada para llevarle a su Juana todo el dinero, y la cartilla se hinchaba también y no compraba ni desodorante, por eso *agolía*
a sudor y a honradez. Incluso ayudaba en la cocina, porque se
sentía empresa y no se llevaba nada para su habitación y eso
que había marisco y carne y de todo en las despensas. Sólo
de vez en cuando echaba mano a las aceitunas rellenas, que
eran La Española y de las buenas, rellenas y cada una con su
anchoa entera. Como quien no quiere, a la discreta, se las metía
en los bolsillos de la chaqueta. Por eso Severo *agolía* también
siempre como a ensalada. Era su única debilidad. No podía
evitarlo y eso que sabía que estaba mal. Una vez le pegó una
hostia en la cara a un camarero que se guardó una gamba. A
él nunca le pillaron. Esos hombres que las pasaron canutas
en la guerra y luego en la postguerra, que pasaron tanta hambre… Una avioneta —¡qué adelantos!— tira de su cordel un
anuncio publicitario que ora (¿o será «reza»?) El corte inglés
empuercando el cielo ya de por sí tan bello de Alicante, a lo que
mi mente inquietante se pregunta: ¿es que no tenemos cortes
nacionales, o hispanos, o de Murcia incluso, no tenemos un
corte ibérico, o de Albacete? ¿Eh?... Ya no cuento nada más de
la temporada turística, sólo que una vez vino una avalancha
de *ú-la-las* por el paseo marítimo y se le metieron todos en el

restaurante a comer (llamaba Severo así, no a ningún tipo de pájaro, no, sino a los franceses), y les sirvió de tal manera y les dio una lección de raza española tal, que aplaudían contentos, tristes de tenerse que volver y se metían después en su autocar: «espagnolo, toguego, ole, ole». Pobres *gazbachos*, el trozo que les ha tocado de Mediterráneo es una mierda.

Cuarta redacción de la cuarta historieta: el eclipse y la banda de Bartolo
(Se verá el *hostiazo* doble de Severo. Ahora, ahora, se verá ya por fin la literatura que corre por mis venas)

Una cornisa de hormigón *armao* tiene los minutos *contaos*. Maldita cornisa el accidente que vas a provocar. Dios va a castigar a uno de sus preferidos no creyentes, va a cargarse a un *ateo monoteísta*. No le da la gana a Dios de mover su dedo meñique para reparar el esqueleto de hierro recubierto de cemento. Al revés. Dios tiene su trampa preparada.

Severo y Rosendo comen gorriones fritos en la barra del Marisquero de Torrente. Hace solo unos días que volvió de Benidorm. Cenan juntos como amigos. Son casi consuegros, «casi» porque no se arreglaron sus hijos, pero para ellos como si lo fueran. Severo le cuenta todo lo de su encuentro con la *inminencia*. Rosendo no había oído hablar de Camilo José Cela. Es un electricista, ni más ni menos. Pero beben alegres. Para Severo dicho encuentro fue una ventolera de ánimo. Una sacudida en el espíritu. Beben y beben y piden sepia después, y tortilla de espárragos trigueros. Las aceitunas rellenas no hace falta pedirlas. Vienen solas. ¡Quién pillara la cena! No es de sobaquillo, no es de bocata, sino de plato, cuchillo y tenedor.

Rosalía enseña su nuevo piso a la Juana y a la Cloti. Hasta ahora vivía de alquiler, pero Carmelo, «su príncipe» gana lo que quiere con la paleta. Carmelo fuma y ve cómo Rosalía enseña el hogar, cada armario empotrado, cada rincón de su bendito dormitorio. Una virgen con relieve metida en un cuadro cuelga en la cabecera de la cama. Rosalía hace vírgenes con estaño, pan de oro, esmaltes y mucha *pacencia*. Es una artista. Pronto regalará una a su amiga la Cloti, pero esta no lo sabe… Si lo supiera se volvería loca de contenta, «su Virgen de los Desamparados». Un valenciano puede matar si alguien se mete con su virgen. Es una devoción muy grande. Nadie nos la ha enseñado, pero se lleva dentro, como llevamos el tufo de la pólvora. Entran en el comedor. Cuando Cloti ve las columnas, que imitan al mármol italiano, para separar el salón del comedor, odia a su Raúl y a todos sus miserables *fuengirolos*. No le importa que las columnas sean de chapa. Envidia a Rosalía. Ve la mesa puesta para cenar. A Cloti se le cae el alma a los pies. Es el lujo en la mesa mejor puesta que una Hernández haya visto. Vuelve a odiar a Raúl. Si no fuera porque esa noche trabaja en el bar le iba a decir cuatro frescas.

Dani baila con su prima la de Toledo en el Bony de Torrente. Ella ha venido a buscar trabajo de camarera. Dani dice que está muy buena, pero para él, ya sabemos que no. No bailan *agarrao*. El Bony está lleno. En el centro del baile se rompe un vaso y dos muchachos discuten. Una chavala se mete entre medias. Es un lío de faldas. Dani levanta la gorra y echa una mirada: «¡joder, alguien se ha metido con el hermano pequeño de Bartolo!», dice muy asustado a su prima. De pronto canta Nino Bravo y todas las parejas se agarran. La prima Charo llama la atención de cintura para arriba. Es muy bonita y distinguida. Un macarra con tacones altos, encorvado, tísico y con un suéter que deja fuera la barriga la mira con deseo. Hay mucha tensión. Es el mismo que se metió con el hermano de Bartolo, que como le dijeron que «cuidado», ahora busca un pez más pequeño. Dani es más valiente de lo que parece y no está solo.

Severo le cuenta a Rosendo que Benidorm es ya para él, después de Murcia y Torrente, el mejor sitio del mundo, otro paraíso terrenal. Le dice que allí ves gentes de todo el mundo: ricos unos e indigentes los otros. Allí la gente viste como *se quiera*. Allí se mezcla la cultura con el divertimento. Nada les arrancará de España. El vino se les ha subido a la cabeza y le añaden Veterano del bueno. Brindan de cordiales como hermanos. Severo le dice que Don Camilo hablaba de las cosas del mundo como si fueran cacharros que tiene en su casa, con la misma naturalidad *de que* la Juana le habla al cubo de las basuras. Brindan por Don Camilo y Severo abre su corazón. Está dispuesto a contarle a su amigo el secreto que la *inminencia* le dijo a la oreja. Pero antes saca el cuaderno *amarrón* y se lo enseña a Rosendo. Este no sabía *de que* su amigo fuera tan culto. La primera página del cuaderno tiene un dibujo de un marciano hecho por Severo. A Rosendo se le saltan las lágrimas, «qué bien está, qué imaginación» le dice a Severo y se siente formar parte de los que construyen los cánones de la Tierra, y todavía ahora admira más a su amigo murciano.

Hace «crac» la esquina de la cornisa. Sólo necesita que un peso se le pose. Mientras, Dios, que no tiene prisas porque el tiempo es todo de él, ve el Doctor Zhivago. Dios se descojona de los comunistas, y estropea la película cuando sale Alec Guinness en el desfile de los bolcheviques. El cine Liceo queda a oscuras. Las mujeres gritan y los tíos silban metiéndose los dedos en la boca. El técnico la empalma (la película) y sigue la revolución. Es una gran película. Dios está esperando en el cine hasta lo que va hacer. Al mismo tiempo en su mente prepara el terremoto de Managua en el que se cargará a cuarenta mil pobres, cincuenta y ocho ricos y tres mil setecientos indigentes. Prácticamente no dejará heridos.

Juana cotillea en los cacharros de la cocina de Rosalía. «Muchos *almarios pa* cuatro sartenes de mierda», piensa en su línea. En eso entra la Cloti a buscar las bandejas de los finos canapés. Cloti quiere ver el caviar por primera vez. Lleva con distinción un bonito vestido de lunares. Parece una *gitana* pero guapa:

—¡Mamá, qué mal huele!

—Hija, si *aguele* como *aguele* es porque tengo una de gases…

—¡Joder, mamá! Que van a llegar los invitados.

—¿Quiere decirse *de que* van a entrar aquí los de la Comisión Fallera?

—No hace falta. Huele por todo el pasillo.

Cloti empieza a sacar bandejas hacia el comedor. Aguanta la respiración hasta alejarse del foco. Se siente avergonzada. «No te avergüences nunca de tu madre, que bastante lejos ha llegado para no tener estudios», le diría yo si pudiera. Pero la Cloti ama a su madre más de lo que parece y la defiende. Llaman al timbre y entran cuatro hombres y cuatro falleras con sus preciosos trajes de gasas y cretonas, faldas almidonadas de flores, delantales de ganchillo fino y sus peinetas de oro. Dos de ellas son anteriores Falleras Mayores y las dos jóvenes son muy guapas. No hay mujeres tan bellas como en Valencia. Eso lo sabe *to* dios. Todos con gran educación entran en el lujoso salón y saludan a Rosalía y Carmelo primero, y después a Juana, que no habla porque Cloti se lo ha dicho antes, para que no meta la pata. Cloti hace una reverencia muy bonita al Presidente de la Falla de la Avenida de los Mártires, la mejor de Torrente. Las falleras parecen Cleopatras. Todos cogen de los delicados canapés y ponen servilletitas de papel en las manos como si fueran platos. Cloti vuelve a sentir envidia y Juana piensa que «donde *haigan* servilletas de tela que se quite esa mierda», pero callada también parece una gran dama.

El *disjokei* quita el disco de Nino Bravo y sale al escenario Camilo Sexto. Es un concierto en directo del cantante. Dani envidia a Camilo Sexto aunque según él no le llega a Nino Bravo ni a la suela de los zapatos. Las chicas se quitan los sujetadores y se los tiran a los pies (a Camilo Sexto que lleva una chaqueta ajustadísima de terciopelo. La corbata también es de terciopelo). El Bony entero es una fiesta. «Quererte así, es morir de amor… por amor tengo el alma herida… melancolía», canta. Una valenciana un poco ordinaria se quita las bragas y se las tira. La prima de Dani, que se llama Raquelín, es una Hernández y simplemente aplaude al cantante y le admira. Ya no baila nadie, pero Raquelín que ama a escondidas a su primo le abraza y en medio del gentío gira con él. Dani se avergüenza porque todos le conocen. Raquelín le habla al oído:

—¿Te acuerdas cuando vinimos todos los primos de Toledo una Pascua y estábamos saltando a la comba en el Vedat y tú *me te* acercaste corriendo y me tocaste una teta con sólo ocho años y tu padre delante de todos se levantó y te dio una hostia?

—Raquel; no te me arrimes tanto… aquello fue de broma…

—Yo te quiero desde aquel día, primo —le susurró marcándole en la barriga con sus pezones, porque aunque era la más guapa de las de Toledo también era la más chaparra. O sea que siendo Dani un enanito aún le sacaba a su prima la cabeza. Se estremeció contra él y bailaron.

El macarra de antes se acercó y *quiso bailarla* a la prima y sin educación se la quiso quitar a Dani. Dani no era un machote, pero no es *cobardica* y no estaba solo. Era un «comandante» de la banda del Bartolo. Los gorilas del Bony se acercaron a separarlos, pero la banda de los picañeros (eran de Picaña) a la que pertenecía el macarra ya les rodeaban. Bartolo en persona (que había estado varias veces en la cárcel, pero que no iba a volver porque lo iban a matar muy pronto) dio el primer cadenazo al macarra dejándole el *candao* de la moto incrustado en la mejilla para toda la vida. Dani protegió a su prima, pero…

Rosendo y Severo pasan caminando junto al treinta y tres de la Avenida de los Mártires. Van contentos y amigables y con alcohol. Son hombres. Saben beber. No les afecta. Sentado en ese portal hay un andrajoso hippy borracho con una botella de vino barato en la mano. Canta: «Qué culpa tiene el tomate, que está tranquilo en su mata, y viene un hijo de puta y lo mete en una lata». Otros viandantes también sienten asco y miran, pero no hacen nada. Es un *desgraciao*. Rosendo le da diez o veinte patadas con saña, y luego le chafa la cara a taconazos. El delincuente se levanta y empuja a Rosendo, pero Severo le da una patada en los huevos y lo deja enroscado llorando como un cobarde. «Déjalo ya, Rosendo, que no es nadie». La gente aplaude. Viene la policía de Torrente comandada por el más eficiente, al que llaman *el picañero*: «disuélvase, disuélvase», le dice, y como no colabora le detienen. En todas partes —hasta en Valencia— puedes encontrarte gente mala que desordena el orden público.

La cornisa vuelva a hacer crac y ya no se aguanta mas que por un hilito de hierro. Dios se descojona de los poemas a Lara. Zhivago es un poetastro. Además está casado y en cambio «toma, ahí con la otra en la cama». Mientras Dios con un halo enano de su mente ordena a la cornisa: «quieta».

—¿*Me se* huele todavía? —pregunta Juana a la Cloti a la oreja.
Cloti no contesta. Está absorta en la reunión. Ponen todos
las cartas sobre la mesa. El padre de Rosalía, el contratista,
está dispuesto a pagar lo que haga falta para que su hija sea
la próxima Fallera Mayor de la falla. Carmelo acepta trabajar
para él sin cobrar durante el tiempo que haga falta. Para ser
Fallera Mayor hay que rascarse el bolsillo. El traje es carísimo.
Hay que dar cenas a la Comisión Fallera. Hay que agasajar con
regalos al presidente de la falla. Y durante un año la Fallera
Mayor tiene que llevar una vida de princesa. Cloti aprieta los
dientes, «¡qué envidia!». Pero se le pasa enseguida cuando ve
que Rosalía piensa en ella para dama de honor. Ella también es
fallera de la misma falla, porque aunque no viven en la Avenida
sí que están muy cerca y su padre trabaja en el Marisquero, y
nadie duda ya de la pujanza de los Hernández. Beben *Champagne*. El presidente admira la estatua como griega sobre el
podio de mármol. Creo que era César. Hay confeti en el suelo
que Rosalía había tirado por dos razones: una para que creyera
la Comisión que en esa casa siempre había una fiesta y otra para
que Rosalía pudiera decir: «no se preocupen ustedes y pisen
lo que quieran que mañana la chica pasará el aspirador». Era
mentira lo de la chica porque sólo la Cloti tiene, como creo que
no sé cuándo dije. Pero sí que era Carmelo el primer Hernández
en tener aspirador y casi el primer torrentino. Carmelo, además,
por su cuenta, es tesorero de los capuchinos de la cofradía del
Monte de los Olivos. Ya no toca el tambor, es como un gerente.
Cloti con distinción recoge los vasos sucios y cambia las copas:
queda claro así que es una familia con vajilla/s.

—¿Mamá, por favor, serías tan amable de recoger tú esa
bandeja? —pregunta la Cloti a Juana, en su papel de cuñada
anfitriona. Se arrepiente enseguida.

—¿*Cuála*?

Creo que no lo oye nadie. Julito está toda la noche en un
rincón haciendo como que lee un libro gordísimo de Plaza y
Janés de Premios *Nobeles* encuadernado en piel, pero no para
de escuchar. De pronto Juana le dice que vaya a buscar ya a su
padre. Julito finamente se despide de la comisión y una de las

falleras dice: «¡vaya chico que tienen ustedes!». Julito *la* mira las tetas porque ya es un hombrecito. A Cloti que se enorgullece le da un respingo. Juana estira el cuello con la distinción que tiene practicada.

Severo camina ya con Rosendo por la Avenida hacia el cine Liceo. Tenían permiso del jefe para hincharse a marisco por lo bien que había quedado la reforma. Para no hacer mucho gasto se forraron primero con patatas bravas, como hacen las bestias con el forraje. Son buenos subordinados. No quieren aprovecharse. Pero tienen que ir a cerrarlo (el cine) como todas las noches. Y con el sabor de la salsa brava, Severo va a dejar de ser acomodador por la brava, pero no lo sabe, y Rosendo va a dejar de... pero no lo sabe tampoco. Severo parece un embajador de un país asiático vestido con su sahariana blanca y su corbata negra. Lleva un pañuelo muy bien doblado en la pechera como un actor de cine. Al llegar a la Cruz de los Caídos por España se paran y dan un taconazo en la acera. Rosendo todavía es más del Generalísimo. Severo explica a Rosendo que su obra *Hacia una mayor convivencia* es su sueño para que se hinche la tolerancia: los marcianos que ven a los humanos como bárbaros nos lo van a enseñar. Dice (Rosendo el pobre no entiende nada): «algún día todos los pueblos se comprenderán y serán tolerantes como los valencianos o los españoles. Aquí no hay racismos ni *xinofobias*». Severo es un adelantado. Los americanos ya han estado en la luna como Pedro por su casa. Severo dice eso de «un pequeño paso para el hombre y un gran paso para la humanidad». Rosendo no le entiende. Severo saca el lápiz que lleva en la chaqueta y escribe algo en una servilleta. No es tan importante como para apuntarlo en su cuaderno *amarrón*. Rosendo le admira. Creo que es una matrícula de un coche aparcado. No descansa. Sólo quedan cien metros para llegar al cine y a Zhivago le está dando ya el infarto en el autobús. Severo enciende su pito, abre su corazón y harto de que Rosendo no le calle, le dice:

—Te lo voy a decir ya, joder, para que no me toques más los cojones —le dice, pero no lo dice con mala leche porque son amigos de verdad y en Valencia tenemos costumbre de hablar así cuando nos queremos—, lo que Don Camilo me aconsejó y que no se lo he dicho todavía a nadie es que…

Última redacción de la cuarta historieta: por fin el hostiazo en forma de eclipse literario
(Me propongo que cada desgracia sea un astro que se le pone delante al otro, como hace un eclipse)

… es que… mi *Hacia una mayor convivencia* como va a cambiar el mundo en doce horas, según él, debería traducirlo a otras lenguas y que para eso lo mejor es traducirlo a la lengua universal, al esperanto, y que además no debería dárselo a nadie para que lo tradujera porque es demasiado «goloso», y que da miedo, que *se me* pueden aprovechar.

Por eso Severo ya desde que *volviesería* de Benidorm no hacía más que estudiar el esperanto, para traducirse *en cuanto y en cuando* pudiera a sí mismo. Esta noche piensa contárselo también a Julito, pero no va a poder. Al llegar al cine ven que sale ya la gente. Todos salen tarareando el *trililín trililín* precioso de la balalaica. Severo ya vio la película y le emocionó, porque no es hombre de radicalismos y eso es lo que le parecen las revoluciones y la película denuncia eso. Como es culto sabe mucho de la familia de los zares masacrada y casi extinguida, y se lo contó todo hace días a Rosendo. Ahora entró Rosendo y subió a la cornisa donde está el conmutador central y Severo espera a que baje y salga para cerrar. Severo recuerda a la que hace de Lara. «¡Joder, qué hembra más guapa!», piensa, pero sin pecado, porque sólo existe para él su Juana, por mucho que Lara sea la más guapa de *Jolibú*. En ese momento llega corriendo Julito, «papá, papá» (no se asuste nadie que ya digo que a Julito no le ha de pasar nada).

… Dani ya está en el suelo. Uno de los picañeros le está pisando la cabeza con su zapato de tacón. Raquelín llora *en viendo* a su amor de esa manera. Sabe que un poco es por su culpa, por golfear y mirar a los macarras. Muchos de los macarras de la banda del Bartolo son amigos de Dani porque tocan la trompeta en la misma cofradía. Son buenos chicos aunque les guste pelear.

Rosalía y Carmelo en el recibidor dicen adiós, Cloti detrás hace una reverencia poco *jostentosa* mostrando la educación *de que* tiene, y atrás en último plano Juana simplemente sonríe, al lado del contratista, su consuegro, que es el que va a poner la pasta. Están todos despidiendo a sus honorables invitados. Unos y otros parecen todos figurines de erectos que se ponen. «Ha sido una velada inolvidable» dice muy sincero el presidente de la Falla, que además en la vida real es nada menos que director del Banco Popular de Torrente. Carmelo da las gracias. Cuando se van, Juana por la tensión que ha pasado, rompe a llorar. Piensa en Severo que acaba de llegar de Benidorm y está tan feliz que llora de alegría, porque ama a su hombre, y de lo bien que les va la vida, «ay, ay… qué mal lo *pasemos* estos meses sin mi Severo». Cloti la consuela y le pone una copita de mistela de *arriba* del aparador.

Rosendo apoya su pie en la cornisa y esta se desprende con él encima y comienzan a caer. ¡Ay cornisa cabrona! ¿Qué vas a hacer? Dios te envía para *entragediar* a una familia, ¿o a dos? Dios aún lo está pensando. Severo abajo tiene en una mano el *candao* del cierre metálico y la otra la mete en el bolsillo de su chaqueta y palpa la cartilla. Tiene pánico a perderla. Sólo está tranquilo cuando la mete en su cajón. «Poco ha engordado en Benidorm y mira que he trabajado, hostia», se dice.

La batalla campal entre las dos bandas está llegando a su fin. Habrá quince heridos y algunos muy graves y un muerto. Dani ya inconsciente recibe una bota militar en su espina dorsal a la altura de los riñones. Suena «crac». Raquelín ya está desmayada. Camilo Sexto hace rato que está protegido por sus gorilas en su camerino. Empiezan a entrar los antidisturbios con porras y rifles de pelotas de goma, pero que si te da una te abre la cabeza en dos. Bartolo se encara con ellos porque aún quiere acabar personalmente la faena con los picañeros.

La cornisa está suspendida de la gravedad. Dios la tiene sujetada, el *Omnibuspotente* está pensando qué hace con la cornisa. Lo habla con la Virgen de los Desamparados y esta le da la trayectoria. Dios vuelve a accionarla (la cornisa). Julito desde lejos la ve caer, pone las manos en su boca, abre los ojos a tope y sus orejones. Va a ver un drama.

Dani está inconsciente cuando un *candao enganchao* a una cadena, *enganchá* a una mano *enganchá* a un macarra de Picaña, le aplasta un trozo de cabeza, le mete un trozo de cráneo hacia adentro y le desaparece una oreja, como si se la tragara el *celebro pa* dentro.

Juana y Cloti besan a Rosalía y a Carmelo y al contratista y se despiden. Raúl el *fuengirolo* ha venido a por ellas. Gracias a la cornisa no va a *remunerar* esta noche la mala leche que lleva la Cloti.

La cornisa ya tiene su trayectoria exacta y cae al suelo a treinta y tres centímetros de Severo, pero…

Meten a Dani en una ambulancia. Raquelín va dentro y promete casarse con él si vive.

… Rosendo cae encima de Severo desde los… (cuatro pisos más o menos, por tres de cada uno, son:) doce metros.

«Mamá, mamá, que papá se ha *matao*», chilla Julito desde el bendito portal de Elena Tamarit.

La familia oye una ambulancia pero no sabe que el que va dentro es Dani. A Juana le cae la primera lágrima. ¡Anda que no ha de llorar!

Es el drama de los Hernández. Es el drama de Severo, acomodador y camarero.

SEGUNDA PARTE
Incluye Primera, Segunda
y Tercera Historieta

Obertura

Ahora sí. «Yo tenía una granja en África —piensa Severo y vuelve a pensar— … Yo tenía una granja en África, ¡qué peliculón!». Hace un par de noches fue con Juana al cine nuevo que la echaban (porque ya no hay Liceo). Era de un tal Sydney Pollack. Han pasado mogollón de años. De quince a veinte para ser exactos, o algunos más. Severo mira a Dani jugando entre los pinos del parque del Conde Trenor. Dani quedó mal. Camina desde aquello como esos pobres que han sufrido una *ambolia* y además no puede hablar. No se le entiende nada, pero no ha perdido las ganas de cantar. Chilla y chilla como si quisiera afinar. Aunque molesta mucho, nadie le dice que se calle. La gente es muy educada. Severo le mira como si fuera un crío, y eso que ya tiene treinta años. La gente en caso de reírse lo hace por detrás. Severo admira la belleza de la preciosa naturaleza. «Ah, qué amnésico verdor —piensa *en mirando* la pinada— si no fuera por todas esas basuras…». Torrente se está volviendo muy sucio. Y eso no es nada para como está ahora. Es culpa de los emigrantes que han ido viniendo por nuestro sol y nuestra hospitalidad. Antes había también mucha gente de fuera, pero era un «de fuera» nacional. Ahora no te digo nada lo que hay. Torrente, ese lugar magnífico para hacerse… para ser un humano grande… creo que eso ya lo he dicho *en antes*. Unas palomas se le acercan a los pies, tontos bichos *engañaos* con cuatro miguchas de pan duro que huele a rancio chorizo. ¡Si supieran que están ante un cazador nato, capaz de cargarse a tres o cuatro a pedradas, antes de que se echen a volar! Severo entorna la cabeza. Ha perdido fuerza. Ya no va en silla de ruedas, pero ha ido años y por eso no es ese fibroso hombre al que nada se le ponía por delante. Ya no tiene ese precioso pelo echado para atrás. «Vamos, hijo, vamos a casa». Caminan cogidos del brazo a pasito corto por la cuesta del convento. Bajan por la calle del Calvario.

PRIMERA HISTORIETA

Primera redación de la primera historieta: dos baldados
(Como dijo el filósofo, «somos *celebros*[2]
metidos dentro de escupideras»)

Como todos los domingos, Severo daba un paseo por la
mañana con su Dani y luego compraba churros a la churrera
de la plaza y se iba a su bendito hogar y despertaba a su Juana
y a Julito que todavía vivía con ellos por lo que se verá. Pero
hoy no es domingo, sino una Fiesta Nacional.

—¡Qué sucio lo tienes todo, Juana! —le comenta Severo
mientras le da un beso dominical en la boca y reposa la rosca
gigante de churros requemaos entre las migas del fogón.

—Me *termino* de levantar, *jodío* —se disculpa Juana, que
va un poco desaseada todavía con su bata, aquella que fuera
de su madre y antes de la madre de esta y así hasta no se sabe,
hasta qué sé yo.

Severo ya ha desayunado en el bar Cantábrico con su Dani,
así que Juana y Julito que ya es un hombre de veintisiete o más
se atiborran a churros y café y zumo de naranja natural. Sólo
los valencianos sabemos cuánto vale y a qué sabe un zumo de
naranjas verdaderas. Una vez sales de Valencia es imposible
comerse una naranja.

—¿Ha llegado alguna carta, papá? —pregunta Julito que no
cae en que los festivos no hay servicio de correos.

—Hijo, no tengamos prisas que las cosas de palacio van des-
pacio. Tendrán que mirarlo y remirarlo y luego valorar cómo lo
sacan y qué publicidad le hacen, y todas esas cosas. Nosotros…
¿qué sabemos?

Severo le mira penoso, piensa: «¡pobre!, se me está malo-
grando este chiquillo». Desde la cornisa cabrona y el aplas-
tamiento craneal de Dani, Julito tuvo que dejar el instituto y

---

2 Segunda nota a pie de página que se permite esta editorial, que en nada
quiere modificar la impericia del autor. El filósofo en cuestión se llama
Hilary Putnam. Y lo que dijo era que «somos cerebros metidos en cubetas».

hacerse hombre a toda velocidad para atender las inclemencias de la cartilla que ya estaba siempre en precario. De sus estudios nadie decía ya nada. A Severo le echaron del Marisquero —de buenas maneras y con una justa indemnización que se gastó en médicos y en la silla de ruedas—. No podía trabajar. Pero es que tampoco podía ser ni acomodador, porque no podía. Además el oficio de acomodar se acababa ya por los tiempos modernos, o sea, que si no era la cornisa, era lo otro, que los cines se deshumanizaban, por culpa de la masa. Aquella distinción *de que* alguien te metiera hasta tu fila con una linterna y tú le ponías unas monedillas en la mano, y te daba las gracias… y si alguien molestaba llamabas al acomodador para que lo echara. Ahora al cine va *to* Dios y van mucho también los delincuentes. La gente bien ahora se queda en casa. Es un asco. Bueno, pues Julito trabaja casi de sol a sol con Carmelo, y no de paleta, porque no tenía el talento de muñeca de su hermano, sino de peón raso. Honroso es el curro, que nadie lo duda, pero duro, y no acorde con su valía *inteletual*.

En eso sale del váter Raquelín, que se casó con el contrahecho de Dani, que ya lo de ser *ormofrodita* era lo *de que* menos. El amor de Raquelín es de los de agarrarse. Ya tenía Severo una familia del Tres, y ¡menudas dos nueras y un yerno que tenía! Que Raúl resultó ser un bonachón en las garras de la Cloti. Pues Raquelín besó a Severo, a Julito, a todos con gran distinción y a Juana con un «buenos días, mamá». Severo se llevó el dedo al rabillo del ojo para *quitársese* la lágrima que se le salía. Este ángel a su Dani le dio un beso de amor en la boca tras pasarle un trapo antes, porque ahora siempre babeaba el pobre. Desde luego en el Bony los del Bartolo habían ganado la batalla, pero a Dani cuando salió del hospital hubo que *reaprendérselo* todo. Ahora por fin podía anudarse los cordones de los zapatos sin ayuda.

Julito cogió a su padre del brazo y bajaron por las escaleras. Por supuesto que aún viven en su pisito de Elena Tamarit. ¿Lo he dicho?

—De todos modos, ¿no crees que deberías llamar por teléfono para ver qué pasa? —le pregunta Julito muy preocupado.

Severo no contesta. Él es hombre de *pacencia*, él confía en el Bien, él sabe que lo que tenga que ser será, es un hombre de esos que sacan la cabeza siempre a flote, por mucho que se la aprietes *pa* bajo.

En menos de cinco minutos están en la paraeta. ¡Qué cosas tiene el destino, que el kiosco que él quería para su hija o su nuera era ahora para él! Y gracias. Porque para que se lo alquilaran tuvieron que luchar y meterse en bancos. La ruina había sido total. Menos mal que un domingo (o festivo) sí y otro no, Cloti se turnaba con Rosalía —viceversa y respectivamente hija y nuera—, para abrir temprano y así que Severo pudiera pasear e irse a por los churros como he dicho, que después de las aceitunas rellenas es por lo que más les da a los Hernández.

—Hola, papá —saludó Cloti como una hija modelo que es, y besó a los dos con amor.

—¿Se han vendido muchos periódicos?

—Papá, hoy es uno de enero. ¿No te acuerdas de que hoy no hay diarios?

—¡Ah, ya es Navidad! —exclamó para sí, encharcado de nostalgia como había visto hacer a Robert Redford en *Memorias de África* días atrás.

Esta *penícula* la he visto yo *cienes* y *cienes* de veces de bonita que es.

Segunda redacción de la primera historieta:
Torrente en los ochenta, visto desde la paraeta
(Voy a dar el do de pecho como narrador, incrustado en los ojos de Severo)

Como era primero de enero Rosalía y Cloti hacían de dependientas. Las dos, hija y nuera, llevaban *ambos* cuellos de cisnes y estaban *sendas* muy guapas e inteligentes y *respectiversa*. Severo, ya siempre de traje de chaqueta, mira a través del escaparate. Abraza su pecho con un codo y con el otro brazo pone el cigarro a la altura de la cabeza. El dedo índice amarillo de buen fumador. Afeitado a navaja escrupuloso. Está pensando. «¿Cuál era la trama de mi voluntad?», se pregunta el Titán. ¿Dónde quedan sus sueños chafados por una cornisa *hormigonada*?... Por la maravillosa Avenida de los Mártires suben los utilitarios de la gente bien hacia el Vedat, al solaz de la naturaleza valenciana tan *incopiable* allá donde *vengas* y estés adonde *esteas*. No van todos al monte como los domingos normales, porque es primero de año y la gente bien acostumbra a celebrar comidas con sus familiares, en las casas o en los restaurantes despampanantes. «Cuántos coches, cuánta contaminación... a dónde vamos a llegar». Severo odia los vehículos: no le parecen naturales. Ya *previsiona* él el cambio del *invernardeo* climático. Son las economías pujadoras, las familias *pudentes* a las que ahora ve adelantándosele. «Cuánto dinero corre en Torrente». Grandes fortunas se hicieron con las dos o tres fábricas de hielo, se amontonó mucho dinero también con las fábricas caseras de chocolate a la taza, con las importantes serrerías, con las fábricas *siniguales* de muebles de conglomerado y chapa diseñados para economías ordinarias, o de madera maciza para los pisos de los dirigentes, fábricas de sillas, de lámparas como la de Peris Andreu, las porcelanas de Lladró famosas en el mundo rico (no en el tercer mundo, donde con comer se apañan), la fábrica de cervezas el Águila (en la que tenía acciones hasta Fraga), y *cienes y cienes* de polígonos industriales que se abrían ya en el suelo más caro del planeta. Aquí y allá se arrancaban los olivos y los algarrobos y los melocotoneros y se construían los polígonos industriales hasta en los pedregales. Cómo no va a ir bien su antiguo Marisquero con todo ese dinero. «¡Cuánta sepia *habemos* servido en el Marisquero!» ¡Qué nostalgia tiene el pobre! Severo palpa la cartilla que en días de fiesta la lleva siempre para echar cuentas. Chasquea la lengua «che». No hace falta verla, sabe que casi está llena. Ve a Julito en un banco de la avenida leyendo el periódico. «Este chiquillo es una *inminencia* por mucho que esté peonando en la obra». Creo que habían prometido subirle a escayolista de lo bien que se le daba. Pero Severo quiere más para su hijo predilecto. Ahora ya le da igual porque la suerte está echada, *jalea intacta es*, se dice en latín. «Es un ángel mi Julito. Como la Cloti y mis dos nueras y hasta Raúl el *fuengirolo*... qué familia me ha tocado, joder...

qué suerte!» Qué alegría le da ver a los paseantes al sol. En ningún sitio como en Valencia se puede pasear casi en mangas de camisa en enero. Esto da coraje a muchos pueblos. Por eso todo el mundo nos envidia a los valencianos. Pasan los de García Marín por la acera. A esos sí que los envidia Severo. Se han abierto paso entre la chusma gracias a sus ventas a plazos de muebles y electrodomésticos. «¡Qué tíos —piensa— y encima son unos cabrones de izquierdas!» No se pueden comparar con sus competidores, los hermanos Magán, ni mucho menos los Cervera, ni siquiera los cabezones de los Albadalejo. Pero Severo no es envidioso. Bastante lejos ha llegado para venir de peones camineros. Al fin y al cabo los Hernández son del montón bueno. Pasan también un par de emigrantes granujientos. «España se va a derrumbar como dejemos venir a gente de esta —*diagnostitiza* con mucha visión—, como no tomemos medidas, entre ellos y los gitanos…». Cloti y Rosalía no dan abasto. Y eso que hoy no hay periódicos. Pero entre revistas, adornos de Navidad para rezagados, figuritas de belén, huevos Kinder sorpresa de chocolate, juguetes baratitos para los nenes, estilográficas, tabaco, chicles bazooka, caramelos pictolines, petardos, traca china, artículos de broma, cromos del Real Madrid (Severo se niega a vender los del Barça por el odio que Cataluña nos tiene a los españoles), los coleccionables de punto de arroz, los fascículos de Historia de España, y sobre todo los pitagol, los caramelos de moda que simulan el pito de los *álbitros* de fútbol y que pitan hasta que te los comes. Entre todo esto sacan mucha pasta. Y en verano se hinchaban a vender polos de Avidesa y altramuces que metían ellos mismos en cucuruchos y chufas en agua. Ahora, era en Pascua cuando se forraban. Severo introdujo la venta de cachirulos y vendían más de quinientos cada año. Él mismo personalmente daba las instrucciones a los niños para volarlos… Él tenía razón, era la mejor esquina para ganar dinero. Lo que no sabía es que él iba a ser su titular. Pero no se acojona. Ahí está, «el niño que una vez se habló de tú». Más viejo y acabado, encorvado, sin carnes y fumándose su pito, y con sus sueños retrasados pero intactos.

Tercera redacción de la primera historieta: alrededor de Severo
(Maravillosos diálogos en el comedor del pisito)

Ahora se verá con asequibles diálogos la maldición de los Hernández.

—Ya estamos en casa todos —gritó la Cloti mientras abría la puerta.

—Papá, cójase de mi brazo —le dice Rosalía a Severo en el último descansillo.

—Venga, Julito, que pareces *pasmao*. Te van a dejar sin comer como siempre. ¡Deja el periódico, joder! —le chilla Severo cariñosamente, que viene como si arrastrara una pesada carga—. ¡A ver cuándo me traes una nuera!... ¡Cuando yo tenía tu edad! —se lamenta el padre, pero no dice lo que piensa, porque a Julito no se le ha conocido todavía novia alguna y eso le acojona. Es lo que le faltaba.

—¡Bisabuelito, bisabuelito! —exclama el *fuengirolo* con una niña entre los brazos, mientras avanza por el pasillo hacia Severo— ven, vamos a ver al bisabuelito. Guapa. ¡Mírala, qué bonita! Cuchi, cuchi… una sonrisita al abuelo y otra para el bisabuelito.

—¡Quítala de mi vista, Raúl! —le riñó Severo, que aún no había perdonado a Cloti segunda que se preñara de penalti con dieciocho años. La niña de sus ojos, la que tenía los «ojos de parar un tren». No la perdonaba de tanto como la quería.

—Vamos, Raúl, déjalo, dame a mi nietecita y tú lleva los pasteles —ordenaba Cloti a su marido, que lo tenía un poco dominado como era sabido. Miró Cloti a su padre como riñéndole por el feo.

—¡Hola abuelo! —saludó con un beso tierno Severito, el hijo de Carmelo que ya era un hombretón—, ¿sabes que esta semana he cogido ya la máquina?

Carmelo que es un padre orgulloso le explica a su padre que el chiquillo (como le llama aunque es un hombretón) hace ya zanjas con la Dumper.

—Si vieras cómo mete el compresor entre las rayas, no se le va ni un milímetro. Ha salido a su padre —dice en voz alta orgulloso, y es verdad porque comparte la habilidad de su padre, aunque no con la paleta, sino con las máquinas pesadas.

—Sí, joder, tú ríele las gracias, que en lo único que se parece a ti es en tus pocas ganas de estudiar. Si te hubiese dado un par de hostias cuando te las merecías —se lamentaba pero en falso, pues aceptaba que sólo Julito tenía cabeza. En el fondo estaba orgulloso.

—El abuelo viene hoy gruñón —dice Raquelín— y le quita la chaqueta y le da un beso tan sincero que le hace saltar las lágrimas. Su amada Raquelín, que se casó con el malogrado Dani, ahora subnormal por la paliza, y con el cráneo como una patata a la que le falta un trozo.

Dani viene corriendo y abraza a su padre y le llena de babas. Severo desde que se baldó lo quiere más y más.

—Hala, Dani, quítate y déjame descansar. Luego cantarás una canción de Nino Bravo. Hijo, sólo vales para meterla, pero a ver si la aprendes a sacar...

—Papá, por favor, no diga usted eso —le riñe con dulzura, pero con razón, su preferida, la Rosalía que lo oye todo desde el comedor.

Aunque algo había de verdad, pues para estar como estaba ya tenía cuatro hijos y encima, Raquelín ahora iba preñada.

Puede parecer un lío. Pero verán, la Cloti tuvo a la Clotilde segunda, que quiere ser peluquera como estuvo a punto de serlo su madre, y que como ya dije es «la de los ojos de parar un tren» y que había heredado las *puterías* de su madre. Luego la Cloti parió a Paqui, que estudia ya para *esteticiene*, Charo que está en el instituto con buen aprovechamiento, Mari que no quiere estudiar, y Raulito (el *fuengirolín*, como lo llama Juana con su esa mala leche que tiene), que es un crío no más.

Carmelo y Rosalía tuvieron a Severito (el protagonista del bautizo aquel que conté al principio y que hace un par de años lo enganchó una guarra y se tuvo que casar y ya tiene un niño), y luego Rosalía *se* parió a Manoli, Eloísa, que sueña con ser actriz, Merche, y a Pili. La Manoli ya está preñada con sólo diecisiete años, pero consiguieron casarla con un chico que es monitor de gimnasia en el colegio de San Pascual. ¡Vaya disgustazo que dio la Manoli!

Dani y Raquelín —ya con Dani subnormal y malogrado por la paliza— tuvieron a Rosita, a Julia, a Carmela (en honor a su hermano querido que quiere ser una cantante profesional como quería ser su padre antes del cadenazo mortal), y a Severa que es una delincuente imposible de controlar. Aunque con esos padres, uno por *baldao* y la otra por monjil, pues parecería normal dicho currículo. Encima, como dije antes, la monjita estaba ahora preñada, después de un montón de años de *parirse* a la última, la delincuente. Pero así era la maldición de los Hernández, que o eran conejas, o si el Hernández era un varón se casaba con coneja. Eso era lo que decía la gente de menos clase social para hacer daño, y había otros que llamaban a todas las Hernández «las penalti», por su bien ganada afición a pecados prematrimoniales. Todo lo que tenían de buenazas lo tenían de ingenuas. Pero la peor maldición para Severo, lo que más le dolía al Titán, era que «las Hernández no parían un hombre así las mataran». Eso decía siempre y se ponía rojo como un tomate.

Y se sentaron a la mesa. Severo miró los platos.

Cuarta redacción de la primera historieta: el tren de vida de los Hernández en los ochenta
(Visto desde el mantel de la mesa)

Había langostinos de gran calibre traídos del cocedero más caro de Torrente, el que estaba en la calle de la Ermita, piernas de cordero al horno que había preparado la Cloti, repollo rehogado con pimentón en cantidades industriales, que era el plato estrella de la Rosalía, y la merluza con mayonesa especialidad de la Raquelín. La Juana se había centrado sólo en la sopa de mazapán que era su única aportación para Año Nuevo desde que tenían nueras. Las mujeres de la casa servían con gran educación empezando por los pescados. En el comedor no cabía un alfiler y el escándalo de los nietos y bisnietos era

tal que Severo miraba absorto al mantel sin saber por dónde
empezar. Qué despilfarro le parecía, y pensaba en el hambre
mundial, en esa gente que no tiene de nada. Pensó en decirle a
Juana: «¿por qué no me haces unas acelguitas?», que era lo que
más le gustaba, porque de no comer en el Marisquero todo
lo demás le hacía daño a su estómago delicado, o eso era lo
que pensaba el Titán. Para Severo las cosas buenas de la vida
eran las más baratas. Juana que leía el *celebro* de su marido
le notó los escrúpulos y chilló: «una mierda se va a levantar
esta *menda lerenda* de la mesa, hoy vas a comer lo que *haiga*».
Por un segundo hubo mucha tensión, porque a los hombres
no se les chillaba, pero Severo desde la cornisa parecía que
lo habían reencarnado, ya no era ese hombre con cuerpo de
guardia civil, con ese carácter que tenía el Cuerpo que con
abrir la boca hacía cagarse en los pantalones. Sólo se oía el
triciclo de Tinín, el pequeñito de Severito que daba vueltas a
la mesa como si lo persiguieran. Severo se levantó de la mesa y
miró a todos como si fuera a hacer una barbaridad. A Juana en
estos años ya se le habían puesto las facciones bulbosas, pero
no obstante, además, había perdido su buen tipo y se le había
jodido el cutis. Pelaba langostinos para comérselos luego todos
juntos sin perder tiempo y los escondía en su plato debajo del
repollo, para que no se los contaran, y no se inmutaba. Detrás
de un soñador siempre hay una gran mujer. Severo tiró la silla
para atrás y casi vuelca el triciclo de Tinín. Tiró la servilleta
encima del cordero de su plato, de malas maneras, y miró a las
nueras y a las nietas y a sus maridos, y dijo:

—¡Voy a orinar!

En el váter, melancólico, al patriarca se le reaparecía todo lo
que había pasado desde la cabrona cornisa. Severo era hombre
refranero —como yo—, que no hace falta estudiar tanto para
decir verdades como puños, los antiguos sabían mucho. Hoy
todo lo arregla la gente con estudiar y mandar a sus hijos al
extranjero, como si aquí no tuviéramos escuelas buenas. «No
hay mal que cien años dure», se dijo el Titán *en subiéndose* la
bragueta con cuidado, porque es natural que los soñadores como
son de ensimismarse se la pueden pillar. Por el pasillo iba como

un general, enamorado de la vida, orgulloso de sus nueras, de su yerno el *fuengirolo*, de ese puñado de nietas y bisnietos, «los nuevos soldados del batallón de los Hernández».

—Estoy venga a *de que* pensar en la paraeta —decía una nuera—, habría que tener artículos de librería y una vitrina que pusiera «boutique del fumador».

—¡Y un cojón de mico! —contestó maleducadamente una nieta, una... Merche o Eloísa.

—¡Ah, uh, aaaaaah, uh! —chillaba el pobre Dani.

—¡Calla, Dani, que luego vas a cantar una de Nino Bravo! —dice Carmelo a su hermano del alma.

Raquelín tenía a Dani hecho un pincel, que hasta le arreglaba una *incipientosa* barba muy recortadita, como si se lo hicieran todos los días en la peluquería. Se lo había enseñado la Cloti.

—Ah, uh, aaaaaah, uh! —imitaban asquerosos los bisnietos para reírse del baldado. Perdonados están por ser críos.

—¡Toma, hijoputa!

Juana con una cabeza de langostina asomándole de sus labios pulposos le daba a Tinín en la cabeza con la zapatilla. La madre del chiquitín la animaba para que le diera más fuerte, «cabrón, por reírte del tío subnormal», y la Cloti le decía a Rosalía que había que educar mejor a los niños. Juana no era de esas mujeres *de en antes* que te dejaban la cara marcada de una hostia, Juana pegaba siempre con la suela de la zapatilla que era de goma, y si era falta menor con la felpa del empeine.

—*Agüelito, agüelito, la güela ma pegao* —se quejaba el chiquitín— *¿po qué?, ¿io, io, io ca go? Peo si no ago na...*

—Tengo que estudiar inglés —le dice Charo a Eloísa, la tercera de la Cloti a la tercera de la Rosalía. Charo desde que era pequeñita ya soñaba con ser azafata. Charo y Eloísa son muy amiguitas. Esta es la que quería ser actriz. ¿Se acuerdan? Es que son tantos. Estas dos son la ambición personalizada, son de las más Dirigentes de los Hernández.

—¿No me dijiste que fulanito era rotulista? —le pregunta Raulito, el último de la Cloti y el *fuengirolo* a Severito, el primero de la Rosalía con el Carmelo, el lince de la maquinaria, que gana lo que quiere manejando excavadoras y eso, por lo que le llaman «el ingeniero de máquinas» los hijos de puta que se mofan. Raulito ha triunfado con una empresa de alquilar motocarros. Y ahora quiere que le rotulen la flota. Quiere que le pinten «Los Hernández» en los tres motocarros que tiene. Hay tanto movimiento económico en Torrente que no da abasto en trasportar cosas de aquí para allá. Está pensando en meter personal y él quedarse en una oficina con un teléfono para recoger los encargos. Raulito, de emprendedor como es, es el orgullo de Raúl, su padre, que se quedó en camarero. Y no quiere saber nada de su familia de Fuengirola, porque se avergüenza, y es lógico.

Severo se ha dejado la mitad de la paletilla de cordero. Y ya está fumando como un carretero. No es de mucho comer. Echa un trago de vino y mira al otro soñador. Su Julito pasa el dedo por el plato sin darse cuenta de que lo está metiendo entre el tuétano del cordero y la grasa. Se ensimisma. Siempre está pensando. Mira a su padre y es como si despertara. Padre e hijo, *sendos*, encienden *ambos* cigarros con el pufo del anterior, y *al respectivamente* se sonríen. ¡Qué relación tienen de buena los dos soñadores! Los demás no les llegan a la suela del zapato.

Suena el *ring ring* del teléfono. Los Hernández fueron de los primeros en tener teléfono, porque nunca le hicieron ascos al progreso.

—¡Qué alegría! —dice la Cloti al *aurícolo*, que es ella *portavoza* y jefa de la familia—, pues claro, aquí estamos... esperándoooos... ¡Ay, qué alegría le vais a dar a mi padre!

A Severo que lo oía se le encharcaron los ojos, pues este era un día muy especial.

En el mantel de los Hernández no cabía un plato más. Sobraba comida, porque cuando las nueras preparaban una comida daban una lección de urbanidad. Sólo Severo, como las había pasado canutas en la guerra, no podía ver todo ese desperdicio habiendo tanta pobreza en el mundo, y Juana también se ponía de los nervios, pero por su carácter de roña, porque venía de familia avariciosa, y por vaga y guarra que era, y porque no le gustaba la casa. Debajo de su silla había migas y cabezas de langostinos y un hueso de cordero y un trozo de repollo pisado, atravesado por una huella de triciclo. Pero cuando las nueras *sacarían* la sopa de mazapán todo se *olvidabaría*, de la regocijada que daban los olores. Los niños pequeños no podían esperar de lo que les gustaba y metían los dedos, y Juana con la zapatilla les daba en la cara y en la boca, pero todos reían porque tenía mucha gracia.

Severo señaló con el dedo a Julito como si estuvieran solos, de punta a punta de la mesa, y decía con los labios «tú... tú... tú...» y su predilecto le sonreía: ¡madre mía qué amor de *entrambos* se daban! Tendría mi Titán sus ojos enfangados en lágrimas, pero como al héroe no se le deja que se le salgan —las lágrimas—, se le evaporaban cuando *se le* llegaban a las acequias de sus *lacrimogales*.

Sonaron los aplausos cuando un bisnieto con voz de esos que les cortaban los..., de esos capados que cantaban como los ángeles, empezó *Una pandereta suena*.

Última redacción de la primera historieta: cuatro *apartadizos*
(El brindis de los currantes, el abrazo, la profecía y la promesa)

PRIMERO: El brindis de los currantes.

—¡Que sea la última vez que el día de Año Nuevo vengáis a esta casa en chándal! ¡Fantoches! —sentenció el patriarca, sin razón.

En esto era muy intransigente. Toda la vida viviendo en Valencia y aún no se desacostumbraba de los zapatos, la corbata y la chaqueta. Murciano *de cuerpo presente*, no se hacía a nuestras maneras *muy nuestras* de vestir. A los valencianos nos gusta mucho *de* ir cómodamente por la calle, por eso nos ponemos siempre chándales, bonitos y vistosos —si tú quieres— eso sí, pero bien conjuntados y con colorines: *odiadores* que somos de la seriedad. Y en los pies siempre o zapatillas de deporte o chancletas.

—¡Qué antiguo eres, papá! —le recrimina la Rosalía *aca-riñosamente*—, y mira que tenemos *esteticienes* en casa, que parece que en casa del herrero cuchara de palo…

—Papá —atacaba también la Cloti—, si hoy en día no es de menos hombre porque te arregles las manos o te pongas una cremita en la cara para el cutis…

Pero Severo no escuchaba, porque todo eso le parecían *gilipolladas* de *homofroditas* y eso. Pero como estaba muy *círculospecto* miró el Apolo que compró a Juana para su cumpleaños, de gran distinción, que se apoyaba sobre un podio de escayola que acababa en un capitel *greco y romano*. Y miró también la virgen *policromática* de *miga* de oro, estaño y *mirras*, calcada de una estampita de la de los Desamparados, y aunque no era él de su devoción, como era culto lo apreciaba porque era auténtico arte. Ya dije que Rosalía hacía vírgenes muy bonitas. Concretamente esta de los Desamparados —de todas las que yo vi luego— le había salido *la que* mejor, y no es por que yo sea valenciano y lo diga. La cara le había quedado perfecta, y eso que la belleza de nuestra virgen es prácticamente imposible de retratar, ni calcándola.

—¿No crees que este chándal me queda un poquito corto? —le decía una hija de una nuera a una de las hijas de otra nuera— ¿No crees que debía descambiarlo?

—¡Qué va Juani, si es precioso… —decía otra que lo había escuchado.

—No se te ocurra —se entrometía la Cloti, que en estos temas era la máxima autoridad—, yo he visto a las actrices que los llevan hasta cuando van a recoger los premios. Hoy en día se viste más informal que *en antes* —apostillaba, que era de fiar su opinión, la cual prevalecía ante los humanos más normales que ella—, y que sepáis que un chándal bonito lo puedes llevar hasta en una fiesta.

Cinco partos no habían destrozado el tipazo de la Cloti, por el que el *fuengirolo* había pujado hasta hacerse de valer en los reservados de los bailes más prestigiosos de Málaga cuando la conociera. Otros camareros se la rifaron, incluso se cuenta que un aparejador le puso los ojos encima. Pero sólo el *fuengirolo* se la benefició, que se sepa. El tipo de la Cloti era el vivo retrato del tipazo de la Juana, que aunque era cordobesa todos la llamaban «La artista de Cartagena», porque creo que vivía allí cuando Severo la viera en primicia. Debía ser como una escultura para que la llamaran así, a la Juana.

—¡Silencio, por favor! —exigía Severo de pie en la mesa, con exquisita educación, haciendo sonar una copa con un cuchillo de plata— *tin tin tin tin*… quisiera…

Nadie le hizo ni caso. En el comedorcito no cabía un alma. Los Hernández eran ya como treinta. El griterío se le adhería a Severo a los oídos. Dani tampoco dejaba de chillar. Pobre.

—*Tin tin tin tin* —repetía el patriarca, y mientras conseguía que se callaran miró al retrato del Generalísimo con su fajín rojo. Franco nunca tuvo buen tipo, pero como militar y político es sabido que era un gran estratega, capaz incluso de parar en seco al mismo Hitler, como es histórico que así lo hizo en la frontera de Hendaya, con educación sí, pero con firmeza, ¡qué tío! Luego echó un ojo a su José Antonio Primo de Rivera, «¡qué ideas políticas! ¡qué capacidad *inteletual*! ¡cómo se quitó Franco de en medio a los falangistas… demasiado listos!». Y pensó también en las dos Españas y se dijo: «¡joder, menos mal que caímos en la España buena y no como toda esa gentuza!».

—¡Joder, que como no calléis empiezo a dar hostias! —amenazó Severo, que a veces tenía un pronto… Se callaron de una *tacada*. Los hombres le respetaban y a las mujeres les caía la baba.

—A ver si podemos hacer un brindis como Dios manda…

A él le hubiera gustado sacar lo mejor de su educación, porque mira que sabía cosas y las podía decir bien dichas, pero como el público era muy *variospinto* tuvo que hacerlo *facilongo*, para que se *entenduviera*.

—Reunidos aquí en esta humilde casa todos los Hernández —comenzó—, levanto mi copa porque estamos todos juntos, porque no hay nada como la familia, la unidad privilegiada más preponderante —Julito levantó su copa con comprensible orgullo—, y hoy es un día inolvidable para mí y espero que para todos. Brindo por todos vosotros, nueras, yerno, nietos, nietas y bisnietos, y sobre todo por el amor de mi hembra, Juana, vuestra madre, a quien quiero más que a mi propia vida. Por todos vosotros y porque sigamos con nuestro éxito social. Y también brindo por mis…

—Ja, ja, ja —reían todos, hasta los más pequeños, porque creían que iba a decir huevos—, ja, ja. Ja…

—Por mis… —repetía Severo que era propenso a las gracias.

—Ja, ja, ja…

—Por mis tres nueras y mi yerno el *fuengirolo* ¡joder! —dijo por fin—, por mi familia del tres. De momento.

Los Hernández aplaudían y bebían, «¡bonito!», decían, o «¡torero!», pues no les pareció demasiado empalagoso el brindis, porque todos sabían lo que celebraban, pero nadie lo decía por miedo a que se estropeara. Los Hernández eran una piña. De pronto Dani, que entre sus tinieblas del *celebro* debía de comprender algo, rompió a chillar y cantar una de Nino Bravo que a todos se les hizo que era *América*, la suya, la preferida, la de toda la vida. Y entre llantos de las mujeres y palmas de los hombres y las burlas maliciosas de los pequeños se argamasaba un gran amor. Entonces, el yerno *fuengirolo* se levantó y con su copa en la mano dijo:

—Por Julito, el orgullo de todos nosotros… va por ti, ¡hermano!

Cloti de orgullo creyó enloquecer y sintió una como presencia en su pecho: era el amor. Después de su actuación, su Raúl se le acercó y le dijo al oído que tenía que irse ya a trabajar, y ella en pago le contestó con esa sonrisa pícara que tenía la Hernández: «ya te daré yo esta noche eso que tanto te gusta». Es verdad que el *fuengirolo* trabajaba ese día tan señalado nada menos que en la cafetería Tívoli de Valencia.

Julito con la timidez *de que* le caracterizaba pedía calma —es tan humilde—, porque aún era enero y faltaban muchos meses para ser un graduado y no le gustaba *despellejar al oso antes de encontrarlo*, o algo así. Julito ese año, si todo iba bien, iba a acabar el bachillerato nocturno en el instituto. Trabajando, estudiando y ganando dinero a la vez, todo para montar la paraeta y para contribuir a paliar la fatalidad que recaía sobre

Dani y la hermosa Raquelín, a la que Carmelo y Rosalía también contribuían, muy generosamente.

Como estaban muy contentos empezaron la competición musical a la que los Hernández eran tan asiduos como a las aceitunas rellenas. Enseguida se hicieron dos grupos. Al lado del mueble bar —pocas familias tenían esas barras americanas de aspecto semicircular— Severo se puso con la Cloti y Rosalía y Julito, que aunque era el más serio esto no se lo perdía nunca, y Raquelín, y de las nietas Eloísa y Carmela (la que soñaba con ser cantante de opereta, o de lo que sea), y con los vasos y raspando la botella de Anís del Mono y lo que tuvieran, cantaron «y allá en el otro mundo, en vez de infierno encuentres gloria... y que la música de tu memoria te vuelva a mí», que era muy bonita, y como eran los más distinguidos y cultos no desafinaban nada. Detrás del aparador —que tenía por cierto un espejo rodeado de marquetería que llamaba la atención— se colocó la chusma musical y simulaban tener micrófonos en la mano. Y aunque no lo hacían mal, no era lo mismo: «Aire, soy como el aire...» era una canción de un tal Marín... Dani estaba en el centro gritando, como si fuera el *álbitro*, y todos gritaban y gritaban a ver quién ganaba y callaba a los otros...

SEGUNDO: El abrazo.

Desmantelada la fiesta, a mitad de tarde, con Severo sentado en su sillón junto a Julito, sin hablar, abandonados a la felicidad —la de ser el primer Hernández en estudiar— hijo y padre, y en *inclusive* al saboreo de pastelitos dulces, con el ruido de todas las nueras y la Cloti y algunas nietas (las que ya eran mujercitas), todas en la cocina para limpiar todos los restos de la fiesta y recoger las basuras. Pues eso, Severo y Julito, ya *sendos* en paz como guerreros fumaban *ambos* pitos muy *relaxajados*.

Llamaron a la puerta. Severo no se inmutó, pero miró a Julito y estaba muy feliz, aunque hay una cosa que le atormentaba, que la contaré después, porque la felicidad en la vida rara vez es completa. La vida es tremenda.

—Papá, está aquí Rosendo —gritaba la Cloti entre lágrimas de alegría muy sinceras, porque sabía cómo su padre quería a su amigo del alma.

Al entrar en el comedor, Severo se cuadró como pudo —tal y como estaba de baldado—. Así lo hacían siempre cuando se veían, no como una cosa política, sino sin maldad, sólo como honor y hombría, de lo que tenían para dar y regalar. Rosendo también se cuadró porque hacía meses que no se veían. Rosendo e Ino —era su nombre el de Inocencia— habían estado en Cartagena, donde pensaban instalarse, a partir de ahora, ya que Rosendo se había jubilado. ¡Qué felicidad tenían! Porque amaban su Cartagena natal, *sendos*, Rosendo y su señora.

—¿Cómo está el hombre que salvó la vida de un técnico electricista?

Era verdad. Severo paró el cuerpo de Rosendo cuando caía con cornisa y todo, desde allá arriba, si no se hubiera hecho trizas.

Julito, la Cloti, la Juana y alguna nuera no se quisieron perder el abrazo, porque no era fácil que la hombría de Severo se rebajara a estrechar en sus brazos a otro del mismo sexo, con esa *hípicofobia* que *sendos* tenían a los *homofroditas*. Feo está que los hombres sean así, pero entre mujeres parece peor eso de ser *desvianas*. En general en ellas parece peor cualesquiera que sean de las conductas *malviciadas*.

—¡Gracias, Severo, gracias! —decía Rosendo con sus ojos con lágrimas, que después de tantos años mira que se lo agradecía.

—No fue nada —respondía Severo, dejándose abrazar aunque retiraba la pelvis, *desencajonado* por la emoción y humilde y más sencillo que un ajo, dijo—, fue una cosa de esas que pasan, que sólo puedes creerte cuando pasan.

Y cuando Ino se unió al abrazo *tripartero* y Severo sintió en su espalda el pecho *infamiliar* de otra hembra (que por cierto era de llamar la atención —su pecho y todo lo demás—), por fin se rompió la presa de su hombría y se desencadenó una riada, un llanto que era imposible de parar. ¡Qué hombre más entero! Desde la puerta, para no incomodarlos, nueras y nietas lloraban orgullosas de pertenecerle a ese patriarca. Incluso Juana le perdonaba que otras tetas se *escachuflaran* contra la parte gibosa y bendita de su marido. Si hubiera sido suyo ese abrazo —nuera y nietas— se hubieran tirado todas a él y le hubieran aplastado de amor.

Se sentaron en el bonito sofá que además se hacía cama de ser necesario y tan cómodo como si durmieras en un multielastic Flex. Era una preciosidad. Inocencia se fue a hablar con Juana de sus cosas. También eran amigas, pero menos, porque Juana no es tan *mundanala*. En ese sofá, sólo delante de Julito, tuvieron una conversación muy apetitosa:

—¡Qué familia tengo, Rosendo! ¡Qué currantes me han salido!

—No lo jures…

—Yo creía que mi vida se había acabado cuando estuve tres meses en el hospital —se volvía a emocionar Severo—, y con mi Dani en la habitación de al lado, ¡qué coincidencia! Y sufría yo más por él que por mí. ¡Pobre desgraciado! Mira cómo ha quedado, joder, un hijo que habrá que amparar de por vida, hostia —y volvía como a llorar. Qué emoción había en ese salón comedor. Se le fracturaba al hombre la entereza. Los tres fumaban como hombres.

—¡Au… au… au! —aulló Curro, cuando Severo le dio una patada. Era el chucho que tenían en casa desde hacía tiempo, con el que jugaban los niños y le hacían las mil perrerías. Era muy noble. Lo habían recogido de la calle como buenos samaritanos.

—Juana, llama a Curro, joder —avisó a su mujer—, y dale un hueso, que disfrute también de la fiesta…

Le querían mucho y eso que Severo no era amigo de tener animales en casa «que lo ensucian todo», decía, pero accedió por las nueras. Cloti siempre decía que Curro era muy inteligente y que a quien más quería era a Severo, y eso que era el único que no lo acariciaba, pero cuando le echaba una sonrisa el chucho se derretía. Y si Severo le echaba una mala mirada, metía el rabo entre las piernas y se iba a su rincón. Los animales son más listos de lo que parece. «¡Curro, ven!» estaban con eso todo el día y Curro venía. Todo el día con Curro ven y Curro va.

—… Y este hijo mío, que sin él no sé qué habría sido de mí —señalaba ahora a Julito—. ¡Qué resorte tiene el cabrón! ¡Qué bien equipado está para el estudio! Aquí lo tienes, sin salir ni un domingo, ni uno. Día tras día entre albañiles y por la noche estudiando en esta casa de locos llena de nueras y nietos, con una bombilla y un *sinfonier*, y un buró de mala muerte… joder —otra vez se refregaba los ojos. Menudo día llevaba—, pero ahora por mis huevos que acaba el bachillerato y el curso que viene a estudiar ingenieros en Madrid…

—¡Papá, si apruebo! —corregía Julito.

Hablaron y hablaron porque era de gran voracidad Severo en saber de cosas, y de *ínsolitado* apetito *inteletual*. Severo estaba radiante y mezclaba las cosas de tanto como quería decir. Habló de tornillos y tuercas, de la justicia que es lo contrario de la suerte como piensan los imbéciles, de la fatalidad y el destino, que cuando llega a una familia es como esos piojos que pican en los huevos a un semental de alce, que miden dos metros, y que salen corriendo y todas las hembras les siguen y se tiran por un despeñadero y se matan *irremisiduamente*. Hablaba de la desgracia en estampida y de cómo la pobreza se cebaba en pueblos enteros, que tenían todos diarreas, porque la pobreza y la diarrea van juntas, y cómo su familia el único defecto que tenía en los *esperimentazoides* era la miopía, que por eso todos llevaban y todas las nietas gafas, pero que eso era lo de menos comparado con otras subnormalidades que tenían en otras casas, como los del Bombero Torero de arriba, que él se hubiese *suicidao* de nacerle hijos enanos —porque Dani era pequeño, pero no enano—, y habló de Sorolla como un verdadero artista, incluso de Dalí que pintaba muy bien y «que había que reconocerlo pese a ser anti-español y catalán» —para mí es un asqueroso, y por eso no lo soporto—, y echó pestes de Picasso como padre del *pozal-ismo*, creo que dijo, y que pintaba «como Severito si le das un lapicero», y que en un futuro no muy lejano habría *celebros* eléctricos en los hogares para hacer las cosas que ahora hacían las mujeres, y hablaba de los viajes espaciales, como un

astronauta que conoce su nave como si fuera el comedor de
su casa, y se explayó con el tema de los platillos volantes… y
muchas cosas más… era una enciclopedia andante.

—Estoy venga a *de que* pensar cómo me dijiste el otro día
que *me se* quitarían los juanetes —interrumpió Juana una conversación tan interesante a grito *pelao* desde la cocina—, que
lo quiere saber la Ino, que los tiene de gordos como patatas.

—Se quitan con agua de mar —contestó Severo con humildad, sin muestras de su superioridad—, todo el mundo lo sabe.
Lo leí en la revista *Rideres y Dayeres*, en una de esas viejas que
andan por ahí.

Fumaron y bebieron Veterano del bueno que estaba en
una bola del mundo muy bonita de esas que se abren por el
ecuador. Los vasos tenían pegados adornos plateados —no sé
si eran de plata—. Pusieron los tres hombretones los pies en
la mesa saboreando el momento, hasta que Rosendo no tuvo
más remedio que preguntar:

—¿Y cómo va lo tuyo, Severo?

Se pintó en el comedorcito un silencio largo y terso como
la piel de una quinceañera. Esto es lo *que dije* antes que no le
dejaba simétrica del todo la alegría, *que dije* que le atormentaba,
y *que dije* que luego iba a contar. Dijo Severo, mientras Julito
hundía su mirada en el coñac, absorbiendo el licor *indisfrutable*
e *insaboreable* de lo amargo que se les hacía a *sendos* entre los
papilomas gustativos. Dijo Severo:

—No se sabe todavía nada.

—¿Y por qué no les mandas una carta para ver qué coño
pasa? —aconsejaba el electricista.

—De eso nada. Hay que esperar. Las cosas difíciles son así.
Tendrán que pedir consejo a expertos y analizar los pros y contras… —él era muy *analitudo*—, es un asunto difícil. Además
para leerlo en esperanto creo que tienen que traer del extranjero
a un traductor. ¡Las cosas no son tan fáciles! ¡Qué te piensas!

—No, claro, claro.

—¿Además qué prisa hay? —se preguntaba mi Titán, aunque
nadie estaba a la altura de darle contestación—. Don Camilo
me dijo que me lo quitarían de las manos y una *inminencia*

como esa no *se* va a equivocar*se*. Y mira que no quiso ni leerlo porque con lo que le contaba yo, ya lo daba por bueno.

—¿Lo mandaste con los dibujos y todo? ¿Y con aquel retrato robot de un marciano y con el mapa de los agujeros negros, y las leyes que deberían escribirse en bronce y mandarse al espacio para una mayor convivencia?

—Lo tienen todo. Allí está mi manuscrito, en Madrid, en la mejor editorial de España. Mi Julito lo pasó a boli después de ponerlo todo en esperanto, que mira que me dejé allí la piel —y se lamentó, pero sin perder el amor propio y sin vanagloriarse, y eso que podría, porque su *Hacia una mayor convivencia* no se paraba en las galaxias, sino que proponía una felicidad extra-planetaria—. ¡Y saber que de salir publicada en todos los países a la vez en doce horas cambiaría el mundo! —y apostilló— ¡la educación, la educación es lo que cambiará el mundo!

—¿Y tú crees que eso del esperanto…? —preguntaba *echéptico* Rosendo, un par de niveles siempre por abajo. ¡Pobre!

—Mucho me costó traducirlo —le explicaba humildemente Severo, que no quería hacerle de menos—, fue una faena de moros, porque el esperanto aúna todas las lenguas y lo mejor que tiene es que no tiene cambios *léchicos*. Es simple como un ajo y no tiene irregularidades, y se escribe siempre como se pronuncia… pero es muy difícil y no lo habla ni Dios.

Rosendo nunca se atrevió a pedírselo para leerlo, porque no tenía capacidad *inteletual*, y sabía que no lo comprendía, porque no le llegaba a Severo ni a la suela de los zapatos. Pero sí conocía el contenido de *Hacia una mayor convivencia*, al menos su parte teórica, donde Severo en verso había redactado una lista de consejos prácticos para que el ciudadano medio se tragase el orgullo para salvar el mundo, y estaba escrito con gran belleza.

—Perdonad, papá, si te parece bien —interrumpía la Cloti con su deliciosa distinción—, para que no os molesten los críos nos los llevamos Rosalía y yo al tren de la bruja. Y me llevo también a Dani si te parece.

—¡Qué tipazo tiene tu hija y eso que ha parido cinco veces! —aseveró Rosendo—, ¡qué raza tiene y qué salero…! Mira qué buena está *toavía* la muy *jodía*. Con razón estaba mi hijo por sus huesos.

Severo no contestó. Se le meneó la cabeza como a esos perritos que se llevaba *en antes* en la parte *atrasera* de los automóviles. No se le borraba al espíritu suyo esa obsesión como una mancha que le empezó tras el encuentro de Benidorm con la celebridad, esa furia que le había entrado por dar a conocer su obra. Sufría mucho Severo. No se amilanaba, porque como es sabido los Titanes son de titanio y no digo nada de qué es entonces mi Titán. Además, como dije no sé dónde, él tenía un sueño de reserva con respecto a lo de ser entrada de diccionario enciclopédico. Tengo preparado contarlo después, cuando le haga la promesa a Juana.

TERCERO: La profecía (se verá aquí la potencia de mi narración).

Siguieron la conversación, pero ya más desenfadados y *tribales* con Juana e Ino, mano a mano, porque Julito se fue con las nueras a la feria, por si tenía que partirle la cara a alguien que se metiera con su hermano para reírse. Bartolo, el jefe de la banda había muerto hacía poco y había tensión todavía, aunque el civismo se extendía por Torrente *como una balsa de aceite*, gracias a Dios. Ya no había tantos macarras. Delante de las mujeres la conversación era más… más… de andar por casa.

—*Mía* que mandar tu libro por ahí, y a *Madrit, na* menos —decía Juana con muy mala sombra. Si no se lo había dicho a Severo *cienes* de veces no se lo había dicho ninguna— ¡Que te lo van a quitá, *jodío*, que te lo van a quitá!

Severo no le hacía caso porque se ponía muy necia, aunque él también tenía un miedo natural, tratándose de una obra tan descomunal. Pero cambió de conversación:

—Le tengo dicho a Juana que respete las fechas de caducidad.

—Y una mierda. Yo no voy a estar un día *en mirando* lata por lata. ¡Qué *vuevos* tienes Severo! Y de comprar pantalones largos ni hablar. Mis hijos fueron siempre en pantalones cortos hasta los trece años, y ¡*míalos*!, el frío no les hizo *na*. *Pos* mis nietos *aigual*, o *sinós* que no vengan, y *ainsina* menos gasto. Y a esas nueras que *tiés*, a su casa a *fregá*... qué *san creío*, que va a estar una *paa to*. Ya te *o* dicho una *montoná* de *vés*, que «*pa sé* puta y *apaleá*, es *mejó sé* mujer *honrrá*».

Severo se refería a lo de antes, a lo de la diarrea de los pobres, y que por eso los ignorantes no miran las fechas de caducidad, porque no saben la importancia de las cosas. Y pontificaba sobre las pulgas y el mal olor a sudor que se le pega siempre a los pobres, aunque en su casa también *agolía* siempre a sudor, pero por ser currantes, no por ser indigentes o pobres. Luego Juana ofreció un café en el juego que le dejó su abuela de porcelana china que había ganado en una tómbola, y jugando un solo boleto, a lo que todos llamaron cuando lo contó «¡vaya buena suerte!». Y ya casi era la hora de cenar, pero no tenían gana de todo lo *opulentoso* que habían comido al mediodía, porque Rosendo y señora también habían tenido comida con su hijo y su nuera, que aunque no eran de clase media alta, también estaban muy bien situados en la *escalera* social. Y muy contentos y entrañables los dos matrimonios hablaron de la suerte que tenían de vivir en el Mediterráneo y de cómo añoraban sus sitios *sendos* natales, su Cartagena y Murcia *restrospectivamente* —y ¡mira que estaban orgullosos de vivir en Valencia! Pero amigo, la tierra es la tierra—, y se hicieron el propósito de volver allí a morir, y que se visitarían de viejos. Pero Rosendo tenía una ilusión propia y la dijo, y verán lo que pasó:

—De todos modos yo... y no quiero desmerecer a mi Cartagena... pero yo —no sabía por dónde empezar el hombre—, a mí me gustaría... —como no le salía, Severo le dijo: «¡venga, dilo ya, joder!», y lo dijo— a mí lo que me gustaría es visitar todos los pueblos de España...

—¿Qué? —preguntó Severo que no sabía nada.

—¡Coño! —exclamó la Juana.

—... —como su señora Ino ya lo sabía (el deseo de su esposo), no dijo nada.

—Pues no se hable más —dijo Severo— y lo haremos los cuatro juntos, y en autobús, como los ministros, con chofer, no como esos pringaos que van a todas partes conduciendo. Y lo haremos sin prisas, parando donde nos dé la gana y comiendo lo que queramos, que como en España no se come en ningún sitio.

—¡Qué ilusión me hace que pensemos igual! —y lo decía Rosendo con sinceridad y apurando un trago de Veterano capaz de tumbar a un gorila—. Tanta historia con esa gente que quiere ir al extranjero y no conoce todavía su casa... —decía el electricista como preguntándose a sí mismo—. ¿Pues no hay gente que quiere ir a Asia, o a Canadá y no ha estado nunca en Albacete, en Orihuela o en Tordesillas? —y bromeó con una verdad que decían siempre—. ¿Hay algo más tonto que un suizo?

—¡Un americano! —gritaron Juana e Ino, que se lo sabían desde hacía tiempo.

Severo se reía por dentro, porque esto lo aprendió en Benidorm. Lo había visto con sus propios ojos, que en España se vive muy bien y que por eso venían aquí los extranjeros a tomar el sol y a comer, porque en el extranjero todo era gris, hambre y tristeza. Todo el mundo envidia esta luz que tenemos en Valencia. ¡Qué felices estaban los dos matrimonios! Se reían de todo. ¡Cómo se encasquillaron de risa la Juana y la Ino! —que era gorda de abajo como una mesa camilla—, cuando Severo dijo que no podía comprender cómo siendo Juana tan morenaza, Cloti y todas las nietas eran tan rubias, hasta le parecía una coincidencia que las nueras fueran rubias como el «trigo al Sol», tal cual lo dijo. Y se *desentornillaban* de la risa: «¡Qué tonto! —se le *descajonaban* en la cara, a un hombre como él—, tan listo para unas cosas y tan imbécil para otras», no sabía el pobre que todas eran teñidas. En aquellos años, las mujeres y chicas de la clase media alta se arreglaban como si fueran princesas, e *inmolaban* a las aristócratas. Era de muy buen gusto tintarse. Sólo las pobres iban morenas y desarregladas, máxime cuando las mujeres de los Hernández, muchas, habían estudiado para peluqueras o esteticién.

Fue Rosendo quien la cagó cuando sin mala intención sacó el tema que llevaría a hablar de la profecía:

—¿Y qué tal está la Manoli, que he oído que...?

¡Qué comentario más penoso para los Hernández, que tuvieron que revivir el disgustazo que hacía poco había sacudido los pilares de su felicidad! Ya lo conté hace rato, pero lo repito, para el que se le haya *pasao*: por todo el pueblo corrió como la pólvora la preñez de la Manoli, la segunda de Rosalía y Carmelo, que con sólo diecisiete años, al parecer era una putilla que dejaba que *se la* aprovecharan todos los tíos —¡infeliz! —, y que luego como no fue quién a decir quién era el padre de la criatura —o vete a saber siquiera si ella lo sabía—, se lo endosaron al primero que pasó, al monitor de gimnasia del San Pascual, que por lo visto estuvo siempre enamorado de ella, y la perseguía pero no conseguía nada, porque fue el único que no se la tiró. Quién iba a decir luego que iba a ser la primera Hernández en tener negocio propio —sin contar la paraeta—, una peluquería de lujo y muy bien puesta en la calle Hernández Malillos: ¡anda que no metió dinero ahí Carmelo, como buen padre!

—No tenemos suerte, no —se lamentaba en voz alta Severo—. No hay manera de hacer una boda normal. Es verdad lo que dice la profecía, lo que se dice en el pueblo, «que no hay una Hernández que no sea una coneja y que no preñe antes de tiempo». ¡Maldita sea, qué mala es la gente!... —cerró el puño como si quisiera vérselas con todo el pueblo, contra toda esa vulgar *cachondería*, y traspasó la luz de la bonita lámpara de pantalla que tenían en una mesita junto al maravilloso sofá, como si quisiera atrapar el haz de luz, cosa imposible— no hay forma de que esta familia haga uso de los *perseverativos*, «usadme esa herramienta», mira que hago hincapié en ello.

Sí que era feo eso de llamarlas «las penalti». *La* gente mala la hay en todas partes y también en Valencia, pero yo creo que muchos eran de fuera.

CUARTO: La promesa (no se podrán creer lo que van a leer).

Esto que cuento tiene un valor incalculable porque es un documento de la época, de cómo eran los hombres y mujeres de *en antes*.

Antes de meterse en la cama, ya mientras Juana se embadurnaba el irregular cutis con su tratamiento para la dermatitis crónica (porque los agujeros de la viruela ya no intentaba taparlos), quiso Severo dar un consejo a su hijo predilecto, y echar con él el último pito del día. No sabía que aún tendría que fumarse después otro, ya fuera de programa:

—Hijo, cuando consigas lo que te propongas aférrate a tu puesto como si fuese un terruño de tu patria.

Eran bellas las palabras, pero como Julito no sabía a lo que se refería, le *increspó*:

—¿A qué te refieres, padre? —y se sentaron *sendos* en sus bonitos butacones con trapitos de ganchillo fino para proteger las cabeceras. Se prendieron ambos pitos padre e hijo y se ofrecieron fuego el uno al otro y *biscerversa*. El mechero de mecha de Severo, que era de un abuelo (de esos que había que raspar con la mano tiesa en una rueda contra la piedra y luego hincharse a soplar), no le funcionó.

—Tú puedes llegar a ser lo más grande que hay en este país, puedes ser funcionario y tener paga del Estado y luego dedicarte a rascarte la barriga —le aconsejaba verdades *irrefutiles*—. Sólo los mejores llegan a Dirigentes, ya lo sabes, y tú estás equipado para ello...

Lo decía con devoción y con esa emoción que sólo los que somos padres podemos entender. Los que no tienen descendencia es como si les faltara una pierna o un órgano vital.

—¡Aférrate a tu puesto cuando lo tengas! —insistía.

Pero no le contó su verdadero sueño de reserva para que no se le subiera a la cabeza a su «chaval», como le llamaba por más que creciera y creciera. Severo no podía ni nombrarlo, porque aunque era un hombretón también tenía *superstizones*, y temía que se cumplieran. Él soñaba con que si su *Hacia una mayor convivencia* no se cargaba la maldad del mundo, que si no conseguía ser entrada de diccionario, pues que Julito lo sería. ¡Qué emoción tenía sólo de pensarlo! Pero Julito que era de hecho el más listo de los Hernández, parecía que tenía un altavoz para escuchar la nobleza de la caja torácica de su padre:

—¡Papá, no te preocupes más! —y se levantó y le puso la mano en el hombro—, tú estate tranquilo que te contestarán muy pronto de la editorial y lo demás ya se andará. Aquí está tu hijo que nunca te defraudará.

Tiraron los pitos al suelo y los pisaron, porque aunque ya estaba la casa limpia otra vez, ellos podían hacer lo que querían, y como miró Severo al pasillo y nadie los miraba traspasaron *sendos* sus zonas prohibidas, y se dieron tal abrazo, que por si sólo renovaba todo el celo que se tenían y sellaba el pacto para el futuro.

Cuando Severo entró en el dormitorio, Juana ya estaba en el lecho. Se quitó la chaqueta, la corbata y la camisa y se quedó en camiseta. Esto es lo que más excitaba a su mujer, que ya estaba excitada al parecer. Juana no era una *sílfode* de esas delgadas y sin carnes. Todas las de la saga de los Hernández estaban de buen ver, con unos gordos brazos aunque no bien torneados, y todas habían heredado de Juana (que hasta las nueras parecían ser hijas propias) un culo perfecto aunque gordo. Tenían recursos económicos. ¡Por eso comían lo que querían! Los hombres, en cambio, eran *injurtos*, como *frivosos*, llenos de nervios y pellejo. Tenían otra constitución y bebían mucho y fumaban y eso les quitaba la gana. Así se estilaba en la clase media alta, gorditas ellas y elegantemente esbeltos ellos. Bueno, pues así empezó la promesa:

—Te prometo, mujer, que por una vez vas a tener lo que quieras.

—Yo no quiero *na* —contestó su hembra, haciéndose la estrecha, y no lo era.

A Severo le entró un reparo. Pensó en la profecía, en «las penalti», y el Titán se deprimió. ¿Acaso no tenía él parte de culpa?... Pues claro, porque los Hernández compartían los genes y los *espermasomas*. Nunca había contado a sus hijos y nueras que él también pecó prematrimonialmente, y lo peor, queriendo, por arrogante, para darle a Dios en los cojones. Los padres de Juana le mandaron a la guardia civil, dos y un cabo, y estos le pegaron una paliza de las de antes. A él no le dolió porque él amaba a la guardia civil, y cuando te pegan los tuyos no duele. Lo casaron de malas maneras, pero él estaba contento porque no era hombre de no apechugar, se la tenía merecida. Siempre fue un revolucionario. O sea que tuvo que ganársela, quitársela a sus padres, nada menos que comerciantes, siendo él sólo un triste peón caminero, que lo de ascender a camarero fue muy *en después*. Y todo fue cuando *sendos* tenían diecisiete años él y quince ella, *retrospectivamente*, o sea que bien temprano empezaron la carrera. Ahora no había género de duda. No podía enfadarse ya, porque sabiendo él como sabía lo fuerte que era su naturaleza, sólo era cuestión de tiempo que todas las nietas y bisnietas preñaran de malas maneras, lo que era vergüenza y mancha a su éxito social. Lo olvidó y dijo a Juana:

—Me puedes pedir lo que quieras, para celebrar lo de Julito… si quieres te llevo en barco por el Mediterráneo, o vamos a Ceuta, o a París que siempre te ha gustado, o a donde quieras…

Y como Juana no contestaba comenzaron un juego que les gustaba mucho, para reírse, y para abrir la trampilla de la fiera que *sendos* llevaban dentro, sexualmente:

—Si quieres me trasformo en tarta de bodas —eran cosas absurdas y cuanto más absurdas más se reían—, o en el manco de los *fuengirolos*, o en Tarzán, o me hago tiovivo o me trasformo en tren de la bruja… ¿o quieres que me convierta en cura?

Así estuvieron un rato con gran imaginación, hasta que Juana que tenía incontinencia en la *vagina orinaria* se meó de la risa, y tuvo que ir al baño a limpiarse. ¡Qué risa le entró a él cuando la vio toda meada!

—¿Quieres que me convierta en recibo de la luz? —dijo por último. ¡Qué gracia tiene Severo!

—Te diré luego lo que *quieo cágas* —y se metió desnuda en la cama—, *séme* otra *vés* como *háses* otras *véses*, *séme* mi camarero, como *en antes*. *Tírateseme ensima* y *hásme* o que quieras en el higo, y *hásme* otro hijo —que mal hablaba, ¿eh? Es que los estudios valen para algo. Pobre.

Severo que la vio en pelota no se pudo aguantar, y aunque no tocaba ese día, se le puso encima a lo seminarista y disfrutaron mucho. Las carnes de su Juana aunque marchitas despertaban sus instintos, y eso que ella llevaba siempre calzoncillos porque tenía la piel muy fina, y como son de algodón, todas las bragas la apretaban… Porque otra cosa no, pero la piel de Juana y su corazón eran lo más distinguido. Severo la amaba no sólo por su cuerpo, sino por su espíritu. Como Juana estaba como una fiera, le pidió más y más, y aunque él ya no tenía gana, era hombre de satisfacer, no como esos egoístas, y volvió otra vez. Ya de paso que tenía que cumplir mató *dos tiros de un pájaro*, y pecó de maneras feas: le hizo a Juana cosas indecibles para la época, para su disfrute y para desacreditar a Dios, al que demostraba así que él hacía lo que quería. El pecado no era de Juana, porque ¿qué iba hacer una mujer amén de dejarse?... Sobre todo estando en ellas lo de recular y en ellos lo de empujar, aunque esto era muy relativo, porque Juana te podía sacar los ojos antes que ser forzada por nadie. Pero ella fingió feminidad y debilidad y el pecado se le metió a Severo de lleno. Estas malas maneras de maldecir a Dios y pisotearle, como si fuera un trapo, no sabía Severo que iba a pagarlas caras, porque con Dios nadie juega.

Entonces Severo, ya satisfechos *sendos*, encendió ese pito que he dicho *en antes* que le faltaba y le entró eso que entra cuando has cumplido, y tragó el humo con deleitosa expectoración:

—¡Qué contento estoy de la paraeta —decía con ilusionante regocijada por ser negocio propio—, y con Julito no te digo cómo estoy, y con Cloti y todos, y con las nueras…

—¡Calla, *jodío*, a *ve* si te da una *nueritis!* —y se rieron, incluso Juana le dio una calada al cigarro, lo que a Severo le hacía mucha gracia.

—¡Chata! —le decía siempre, y le echó mano a las tetas, que le gustaban más que los bizcochos, y al culo también le echó mano, al no poder aguantarse. Pero Juana estaba ya satisfecha y no quiso nada.

Entonces ella le dijo que si la conociera ya sabría lo que ella quería como premio por lo de Julito. Y sí que lo sabía, pero se resistía, porque era un sacrificio sin igual, y después de discutir mucho y querer él convencerla para que cambiara su capricho, accedió así:

—Iremos y mi Juana se sentará en primera fila, y como si quieres tocarle y tirarte encima de él.

Juana saltó encima de la cama desnuda sólo con los calzoncillos. Efectivamente, por fin iría Juana a un concierto de Julio Iglesias que echaban en un teatro lujosísimo de Valencia, si no me equivoco en la calle Ruzafa. Hacía veinte años que

Severo se lo negó, y de malas maneras, cuando estuvo Julio cantando en el mismo Torrente, en la piscina municipal de las Delicias, casualmente al lado del Bony, donde luego dejaron a Dani como lo dejaron. Todo por culpa de su obsesión con Tom Jones. Todas las amigas de Juana habían ido y eso le dio mucha rabia, pero ahora iría y como una señora, y con su abrigo de piel de zorra auténtica, y a una mesa abajo del escenario, donde le podían caer directamente a la cara las notas musicales del «*mejó cantaor* del mundo mundial y de *tos* los tiempos», como decía la pobre.

SEGUNDA HISTORIETA

**Primera redacción de la segunda historieta:
el embrujo del bien**
(Severo y Juana sin palabras: me propongo
que se les imagine a través de mí)

Ya vienen Severo y su amada del concierto de Julio Iglesias, de la capital. Vuelven en el motocarro de Raulito, el más pequeño de Cloti y Raúl, el orgullo de *sendos*, el que ha *triunfao* porque *de que* tiene la empresa de trasporte con una flota de tres motocarros, y va a meter personal en cualquier momento. Aunque es negocio propio, entre los Hernández no se le considera tal porque para ellos negocio propio es una tienda. El motocarro es tan amplio que van los tres en la cabina, aunque apretados. Raulito los ha traído aprovechando un porte de televisores embalados que le han encargado los García Marín de Torrente. No hablan. Severo fuma y lleva la cabeza de su amada sobre su hombro. Juana se acaricia contra él y pasa sus delicadas manos por las solapas del abrigo precioso de piel de zorra auténtica como he dicho, que lo ha estrenado para el conciertazo. Son muy felices. Pasan por los campos de naranjas y huele a azahar. Sólo los valencianos sabemos *a cómo agüelen* las huertas de Valencia: qué fertilidad, qué riqueza, qué belleza *inmusitada*. Raulito se siente *genitalmente* masculino por llevar a sus *agüelos* en su vehículo. Ellos van orgullosos, pues aunque no es lujoso y huele a tabaco y sudor, no son unos estirados, sino simples y sencillos y honrados trabajadores. Severo no deja de pensar en el rótulo que llevan encima, y siente el auge de la sociedad a la que pertenece. «Trasportes Hernández». El orgullo se le desborda. Piensa que pasaron por la Ópera a la que nunca han ido. (Bueno esto fue lo último de la noche, o sea que pasará luego, pero como el orden de los factores no altera el producto lo contaré ahora. Lo voy a contar todo junto porque el orden es lo *de que* menos). Pues eso, que hacían una ópera de Wagner, un alemán muy famoso, cerca del teatro *en el que* ellos fueron y Severo al ver a toda esa gente maravillosa tan bien vestida, y aunque comprendió que los Hernández no les alcanzaban, no se amilanaba, porque sabía que esa música era una mierda, y que él iría a la ópera cuando echaran una española, que no se podía igualar con las extranjeras. Pensó: «yo iré con mi Juana cuando echen *Agua, azucarillos y aguardiente*, o mejor aún, *Doña Francisquita*. De todos modos la emoción les *imbargó* enteros cuando se cruzaron de tú a tú con la aristocracia. No se notaba *aninguna* diferencia. Al ver todo ese lujo y elegancia se preguntó cuáles eran los adversarios de esa sociedad en declive, porque era la clase media alta la que estaba en auge. Sintió pena por la aristocracia. «¿Quién protege a los ricos?» se preguntaba mi Titán. ¡Qué cabeza! ¡Qué *celebro* tiene el cabrón! Siguen en el motocarro con su traqueteo ilusionante ahora atravesando los polígonos industriales de Picaña, que son una maravilla. Juana tiene aún pegada en su oreja la nueva canción que ha estrenado en el concierto, dedicada a todas las mujeres de la sala, *Vegún de veguín*, o algo así, aunque la que más le ha gustado es la que cantaron al final, cuando todos en pie pedían «otra, otra», cuando cantó *Güendolín* y cogió la mano de su marido y le agradeció que la hubiera *llevao* más que si la hubiera *comprao* un palacio de mármol de un zar. Julio «termo» llamaba Severo al cantante cada vez que decía «tan dentro de mí, conservo el calor». Sí que parece un termo, sí. ¡Qué ocurrencias tenía mi campeón de la palabra! Mi Titán está feliz de *haberla* dado su capricho y está feliz también porque después de muchos años la cartilla está llena y Julito va a estudiar por fin, que ha *costao* un *vuevo* y parte del otro, como decimos en Valencia. Va a empezar la carrera casi con treinta años entre unas cosas y otras. Severo va muy *meditamundano* y hace filosofemas que luego apuntará en su libreta *amarrón*. No se le olvidan, no, que ya sabemos la memoria *de que* se gasta. Al entrar por la calle de la Ermita y ver la iglesia Arciprestal, en la que casó a sus hijos y donde entró cuando Cloti se lo pidió con una caricia en el codo, tuvo un amago de religiosidad, pero no le vino del todo, sólo un amago, porque él es un *auto-bastante,* o *auto-suficiente* quiero decir, honesto y no necesita como los humanos normales, que tanto *necesitemos* al Ser Supremo. Pero sí que se le interrumpió unos segundos la respiración cuando Raulito paró en el semáforo y un curita cerraba la iglesia para irse a casa y daba una limosna a una viejecita *indisgente.* Se dijo que un Dios mínimo no estaba mal y que al menos el Dios de Juana no era como el de esos pueblos que se mataban, los muy cafres, esos *afanáticos* de Palestina o africanos, o los moros, los musulmanes de los que él leía en los periódicos. Por primera vez entendía a su Juana y la apretó en el brazo, pero ella no se enteró porque seguía saboreando el beso de Julio Iglesias. ¡Ah, se me ha *pasao*! Que cuando acabó Julio, así como muchas mujeres más *inteletuales* que Juana subían al escenario a pedir un autógrafo con sus lujosos libros de autógrafos encuadernados en piel, ella se le agarró al cuello y le pidió un beso, y se lo dio, y *la* dijo «guapa», y Severo tuvo un ataque de celos, pero se lo aguantó. Su superioridad no le permitía hacer un numerito, y además él estaba allí para que Juana fuera feliz, y él sabía que tiene que haber gentes inferiores también en el mundo, ¿o *si nos* qué? Intentaba olvidarlo, pero le dolía, porque era un hombre. Ese imbécil que no paraba de chillar al micrófono «Hey» unas veces, y otras «cucurrucucú, paloma»… porque Julio era un gran artista y tenía un gran *chou*… ¡Qué manía le tenía y sin razón! Pero las manías son así. Pero en términos generales venían embrujados por el Bien, porque en su familia sólo había amor, trabajo, honradez, y no había maldad ni malhechores. Eran unos currantes. Y ahora toda esa alegría, todo ese puntillo que traía en el motocarro *amarrón*, ese puntillo de ser un triunfador de la actualidad y de la sociedad a la que pertenecía, se le *desesvaneció* de un plumazo, por tres imágenes que vio el pobre al pasar por la avenida, y aquí si que lo contaré por orden, por estar *apegadas* las imágenes a los sitios. Son como tres jarrones de agua fría que se le *avinieron* a la cabeza, como si se los hubieran tirado con jarrón y todo (son tres cosas malas en una chica y en dos de los *hombres varones* de los Hernández).

PRIMERA IMAGEN

Raúl padre salía de los *orinarios* públicos que había enfrente del Marisquero —y que ya los han *quitao*—, y mira que hacían un servicio *púdico*... y tan lujosos que hasta tenían limpiadora y camarera. Lo que cuento, que salió Raúl con la bragueta llena de pis y de cualquier manera vio Severo que le dio la mano al director de la Caja Rural que pasaba por allí con su señora muy elegante a pasear y le saludaba muy atento. Cuando se alejaban, Don Carlos se *agolía* la mano y maldecía cosas a su señora. Raúl no debía haberse *lavao* las manos de los *meaos*. Don Carlos era nada menos el que después de mucho negociar les había concedido muy amablemente a toda la familia el crédito para montar la paraeta. Era un caballero y un tío de una cultura *inconmenschurable*: «¡maldito *fuengirolo*, cuando se lo cuente a la Cloti!», se dijo muy *intransisturgente*.

SEGUNDA IMAGEN

Sin *responerse* de la primera todavía, vio al mayor de la Clotilde segunda —creo, porque con los bisnietos me hago lío—, que sentado en un banco de la avenida de los Mártires, que le iban a poner ya avenida del País Valenciano (que como ya había muerto el Generalísimo, a todos les entró un ataque de valentía y cambiaban los nombres de las calles. No tuvieron cojones en vida, no), pues a la altura de lo que era el Círculo Católico, el nietecito echaba *gapos* y escupidos verdes a la gente que pasaba y les acertaba en las cabezas y se reía con otros chiquillos como él.

TERCERA IMAGEN

Hecho polvo, justo cuando iba a hacer un gesto de saludar a los Caídos por España llevándose la mano derecha a la cabeza, marcialmente, en donde estaba el obelisco de piedra que ya lo han *quitao* los muy cabrones de izquierdas, a la altura de la Cruz de los Caídos, pues en eso vio a la primera de Rosita, a la concebida prematrimonialmente como siempre (Rosita quedamos que era la mayor de Dani y Raquelín)... la vio acercarse corriendo a un joven *vianandante* que iba con su novia, y a la chavalita la vio echarle mano al paquete y salir corriendo. Otras niñas que jugaban con ella se *desacojonaban* de la risa: ¡delincuentes! Severo recordaba que de pequeñitos hacían eso ellos con las hembras, que iban a tocarle las tetas, o a tirarse al suelo y verles las bragas, pero si se descuidaban les daban una hostia. Pero que hoy día fueran las niñas las que lo hacían, a su manera *rectilínea* de ser se le hacía incomprensible.

Juana por ir pensando en el beso de Julio Iglesias, y Raulito por ir de chofer con sus *agüelitos* que se le hacía como muy importante se *despercataron* de las tres escenas.

TERCERA HISTORIETA

**Primera redacción de la tercera y última historieta
de la segunda parte: venganza de Dios a dos manos**
(Tranquilo, Severo, que aquí estoy yo. Yo te narro:
esto va a ser testimonio puro)

Todo lo anterior no es nada comparado con la que le espera al llegar a casa. Al llegar a casa iba ya tocado, como si su familia *aquisieran ahundirle* el apellido, como si se le pusiera un peso encima de la honra, que tanto le costaba a él que se le levantara *en después*. Ya avisé al principio que a Severo se le tuercen dos veces las cosas. Me equivoqué. Eran tres los mazazos. Voy a relatar ahora el segundo mazazo, la segunda cornisa como si dijéramos, un carnaval de dolor.

En el hogar quiso Severo cenar algo, pues por no gastar no habían tomado nada en la capital, aparte de, ella un café con un *cura-asao* que estaba muy bueno, y él una copa de carísimo coñac, pero «un día es un día, Severo», le había dicho Juana, y lo tomaron nada menos que en la cafetería de Balanzá. Severo dijo a su mujer que le pusiera cualquier cosa, que le hiciera un *entrepán* calentito con longanizas, morcillas y pimientos asados, y que le refregara el pan bien con tomate frito, y que le quitara la miga para no engordar. Ese bocadillo le encantaba. A los valencianos nos encantan los *entrepanes* y los hacemos de *cienes* de maneras. A la gente que viene de fuera se les pega enseguida esta maravillosa costumbre nuestra. Y además, a media mañana se paran hasta los trabajos, porque la hora del bocadillo del almuerzo es sagrada. Bueno, pues no hacía más que sentarse sobre un cojín con motivos florales gigantes con un pito recién encendido y desanimado por las tres imágenes que había visto al entrar en Torrente, asqueado de sentir tantas y tantas veces ese retroceso, el retroceso en la ascensión del éxito social, cuando, de pronto, sin llegarle casi como quien dice la primera calada a los bronquios ya alquitranados, exactamente en ese instante, con la corbata ya desaflojada porque le agobiaba el cuello de la camisa, de repente, como digo, justo en ese momento tonto, que parecía que no iba a pasar ya nada (porque bastante cosas habían pasado ya, entre el beso de Julio Iglesias a su hembra y las tres cochinadas que vio desde el motocarro), justo cuando iba a decir a Raquelín «joder, nuera, tráeme las zapatillas de andar por casa» (porque como dije vivía dicha nuera con ellos por no poder montar con Dani hogar independiente debido a su estado, como ya conté, creo, ¿no?, y como era la nuera de guardia a ella le tocaba traerle las *pantunflas*), pues como si su *celebro* tuviera un detector de catástrofes, sintió un pánico bajo el pellejo del esternón y oyó a Raquelín, que desde la cocina dijo:

—Papá —le llamaba cariñosamente papá—, encima de tu mesita de noche tienes una carta, que vino certificada.

A zancadas de siete *lenguas* se hizo el pasillo entero y casi se mata con la pata de la cama al pasar, que casi se abre el pie en dos pedazos. Pues claro que era la carta de la editorial como sospechaba.

Severo no se podía creer lo que estaba leyendo. La carta era larga y no habían escatimado en papel o en palabras. Estaba junto a un paquete. Después de explicarle el esfuerzo de haber traducido alguna parte del esperanto al español —porque ni se habían dignado a traducirla entera— lo que ya le reprochaban como «estúpida excentricidad», que estuviese escrita en esa «lengua para imbéciles», después de eso le decían:

«Sentimos comunicarle que tenemos que desestimar su novela —o lo que sea—. No podíamos comprender qué tipo de loco había escrito una cosa así y prácticamente en verso. Parece usted el típico loco que manda manuscritos y colapsa los comités de lectores. Pero no, después de analizarla y estudiarla nos dimos cuenta de que usted es algo más que el típico loco. Por lo menos hemos de reconocer que cuando tradujimos el poema que recita el marciano a la humanidad entera y que habla todas las lenguas a la vez, y dice (el marciano) «quise unir el infinito y el cero al escribir este poema», no pudimos dejar de reír. Cuando comprendimos que usted no quería hacer reír concluimos que tiene usted un cenagal mental. Por supuesto, lo que decimos siempre: no dudamos de su valor literario, pero se la devolvemos con cariño para que haga usted con *eso* lo que quiera. Si quiere, para que usted tenga una razón a la que atenerse, le diremos simplemente que su novela —o lo que sea— no es emocionante, por decirle algo. Atentamente. Firmado, fulanito de tal, Editor Jefe».

Se quedó flácido como un supositorio que se te olvida al resol. Severo no podía entenderlo. Rompió el hilo de palomar con el que venía atada su obra, con tal fiereza que casi se destroza las manos. Ahí estaba devuelta su *Hacia una mayor convivencia* traducida al esperanto, pasada a boli por Julito con letra de imprenta para que se entendiera bien. «En qué mala hora —se repetía sentado en la cama— en qué mala hora se me ocurrió mandarla». Porque Severo podía ser de humilde frigorífico, pero de porte espiritual era super altanero. «Una y no más», se dijo, pero y ahora qué, qué podría hacer ahora que había sido de esa manera desestimado. Abrió su manuscrito por la página trescientos treinta y leyó «el último poema que escribió un lápiz antes de hacerse leña». Qué bello le pareció y eso que está feo que siendo tuyo te guste, pero le gustaba, le parecía maravilloso cómo acababa: «mi vida interna tiene ahora su lengua». ¡Qué disgustazo tenía! Pobre. «No tiene Severo ya su lengua», se decía y se volvía a decir muy *desrringlado*. ¿Qué le pasaba a este mundo? ¿Se había vuelto todo el mundo loco? «Tiene usted un cenagal mental», le martilleaba. Entró Juana ya con su bata de guata y dijo: «menos mal que no *sa perdío*… —que no tenía más preocupación que se la robaran— anda y cómete el *entrepán*».

—Con que no es emocionante, ¿eh? —hablaba solo y muy enfadado—. Con que queréis emociones, ¿verdad? Pues las vais a tener, en cuanto me jubile os escribiré la vida de los Hernández y nada de ciencia ficción y viajes espaciales, escribiré vida, vida, vidas corrientes, cosas humanas.

Pero estaba deshecho, hablaba por no callar, estaba fuera de sí y resentido y nada le parecía que tenía sentido. Tenía que reponerse y miró sus dos cajones, metió su obra en el de arriba con odio. Le tenía manía, como si la obra tuviera la culpa de ser rechazada. Como era un hombre machote se reponía por minutos y echó mano de su sueño de reserva y pensó en Julito. ¿Pero es que iba a ser posible que él no llegara a ser entrada de diccionario?... Le vino un ataque de humildad y pidió ayuda al otro de los *Hernandeces* bien equipados. Y se habló de tú por segunda vez *de por vida*: «Si no puedes tú, Severo, que lo sea Julito, él es la mejor versión de tú mismo, Julito es tu suerte, tu tesoro, y para el caso es lo mismo él que tú. Deja que sea él el mejor de los *Hernandeces*».

Pero Dios aún no estaba contento del todo por las maneras fornicantes que tuvo mi hombre extraordinario con la Juana en el lecho, y después de la carta del editor, quiso solmenarle más para ver de qué estaba hecho mi Titán Severo por dentro. Dios si hubiera querido con medio soplido le hubiese concedido ser entrada del diccionario. Sin dejarle un respiro, mientras ojeaba la cartilla de la Caja Rural, como si en ella se encontrara una agarradera, un algo, un tapón para desaguar su desgracia, por ejemplo. Se desmembraba la saga que él tenía el honor de presidir. Él sabía que el apellido de los Hernández no perduraría —y valía más— de tener que ser por las proezas de «las penalti», o por batir récords en partos o en ser él el bisabuelo más joven de España... quiere decirse *de que*, aunque podía y de sobra ser famoso por cosas de esas, no quería, porque él no era como esos incultos que no pueden mantenerse firmes en sus convicciones, porque él tenía cultura y quería ser entrada de diccionario, pero no por cualquier cosa. «Que no haya exitazo al que el mérito no le anteceda», se dijo y respiró aliviado, y se levantó de la cama y se fue a enfrentarse con su *entrepán*, que tenía mucha hambre, «si Severo no tiene ya su lengua, que sea Julito quien salve el honor», dijo. ¡Qué masculinidad la de un hombre que a lo máximo que había trepado era a ser camarero!

De pronto, se llenó la casa de gritos y cuando mi Titán comprendió lo que había pasado, empezó a decir en alto, «Dios cabrón...», pero nadie lo entendió, porque se desmayó y cayó redondo todo lo largo que era. Y se cayó al suelo.

Yo acabaré tu frase Severo: «Dios cabrón... Dios mío, Dios mío, perdóname, perdón, perdón...».

Segunda y última redacción de la tercera y última historieta de la segunda parte: ¡piedad! reclama el *Ateo monoteísta* cuando está *enacojonado*

Cuando Severo llegó al hospital no sabía lo *de que* iba a encontrarse.

—... efectivamente señorita, Her-nán-dez —repetía la Cloti con la educación y distinción *de que* ya ha dado repetidas muestras, a una recepcionista muy simpática del Hospital de la Fe de Valencia—. ¿Tercera planta, dice?... Muchas gracias. Muy amable.

Era visible que Severo había educado a una familia sin estudios, y a pelo, sin asesores ni medios, pero qué bien lo había hecho, ¡qué orgullo debería de tener! En cambio Juana entró en el ascensor gritando y haciéndose hueco con insultos y con movimientos bruscos de sus caderas. Cuando la Cloti la *increspó* y la riñó se puso a gritar como una loca dentro del ascensor delante de más de quince personas (mil ochocientos kilos era la tara máxima del imponente elevador):

—¡Calla, *jodía*!, la *mare* que te parió… que me *aquito* la *sapatiiia* y te *cruso* la cara… que aunque no *haiga estudiao, sepo* muchas cosas.

Había que perdonarla porque estaba muy nerviosa. Entraron en la habitación y Severo casi se desmaya otra vez cuando vio a Julito con una venda en la cara que no se le *vían* ni los ojos, y que aún remarcaba más los orejones. Por los *sendos* orificios *anasales* le entraban *ambos* tubos de plástico, y tenía las narices amoratadas y gordas, como si *se le* hubieran puesto las narices de un gigante. Tenía *ambas* escayolas en *sendas* piernas, y parecía un cadáver, estaba *desconsiente,* porque no se *depercató* de que entraban los tres. Enseguida llegaron Raquelín, el *fuengirolo,* Rosalía, unas cuantas niñas y el Dani que se tapaba la boca como si quisiera así *mesmo* no dejarse gritar. Juana *increspó* a una enfermera porque había una botella de cristal que le parecía como de aguardiente, y del revés, boca abajo, de la que salía un tubito de plástico, y se empeñó en ponerla recta. La enfermera, muy educada y guapa, *la* dijo que era normal.

«Se llama gotero, mamá», le explicó Raquelín cariñosamente, que tenía más mundo.

El amigo de Julito que iba en la *amoto* amarrón —que era *inflamante* Ducati— se había *matao.* Conducía el otro, y adelantando un camión se comieron al que venía de frente, o qué sé yo. El caso es *de que* había sido una tragedia. Cuando se fueron todos a casa, Severo se quedó con su hijo, para velarle.

Le cogió de la mano, y si no le conociéramos *pareceseía* que estaba en rezando una oración. Pero no, simplemente estaba recordando una frase de un gran pensador que dijo «el hijo es el padre del hombre». ¡Claro! Julito era la mejor versión de Severo y lo comprendió de una sola vez. En eso Julito, que estaba *semidesconsciente,* se despertó y estaba como drogado. Severo estuvo a punto de colmarlo a besos. ¡Cómo lo quería!

Le cogió la mano y le dijo que estuviera tranquilo que su padre estaba con él, porque Julito estaba con la venda en los ojos.

—¡Cuéntame algo de la guerra, papá! —le pidió porque, *en* aparentemente, estaba más *zumbao* que el tambor de un batusi—, ¿mataste muchos rojos?

Ningún padre puede admitir delante de su hijo que ha sido capaz de matar a nadie. Es lógico, porque sería como admitir que has matado al hijo de alguien, porque todos somos hijos de alguien... Eso es *irrefutible*. Pero además era verdad. Severo, aunque era todavía joven (parecía que al ser prematuro bisabuelo por culpa de la profecía y por la cornisa que le tiró a Rosendo encima), estaba encorvado y calvo, y descompuesto por el susto.

—¡Hijo, qué voy yo a matar a *naide*! —le apretó tanto la mano que casi se la jode—, yo en la trinchera disparaba sin mirar, al aire, sacaba el mosquetón y tiraba. Al que no disparaba, el capitán le daba con la culata en una sien. Pero tu padre estaba orgulloso de estar en la España buena, en la ganadora, en la que ha hecho posible ahora esta Fuerza Nueva *que* de la *de que* gozamos. Mi ejército estaba con la grandeza... es verdad que en Teruel hicimos una escabechina, pero era a vida o muerte, era en legítima defensa.

Severo, por primera vez en su vida (aunque esto que está a punto de hacer va a olvidarlo enseguida), miró al techo e *imploricó* a Dios, pero de incógnito, como con vergüenza:

—Dios —dijo humilde y en voz baja, para el cuello de su camisa—, deja vivo a este Hernández y hazme a mí lo que quieras. Y luego, una vez viva, que sea lo que él quiera, que yo no he de protestar, como si quiere ser tapicero. Perdóname, Dios mío —repitió otra vez, asqueado de lo que diría Juana si le viera así, hecho un mierdecilla.

Severo, con la memoria que tiene, nada más hacer esto olvidó *de que* lo hubiera hecho, como he dicho. La vida es muy complicada.

Recordaba ahora sus palabras de hacía días cuando le dijo a Julito: «tú aférrate a tu plaza cuando la tengas, como si fuera el último mendrugo», refiriéndose a lo de cobrar del gobierno como funcionario, que era su máxima ilusión. Ahora eso no le importaba, porque sólo una cosa quería, verlo otra vez vivo en casa, aunque quedase tonto.

No se crean que Severo *imploricó* a Dios sin darse cuenta. No. Severo era muy *analitudo* y valoraba siempre los pros y *las* contras.

—Pchsss… pchsss… —llamaba Severo a Julito en el silencio *hospitaloide* que *enacojona* a cualquiera—, pchsss, Julito —y como no contestaba le dejó descansar y le habló así—, Julito, hijo mío, nada queda de mí… me han devuelto mi obra, se me han reído en la cara, si vieras lo que me han dicho… no han entendido nada… el mundo se derrumba *sin* irremisiblemente… en doce horas iba a cambiar… sí, sí… ¡y una mierda!… Da igual, hijo mío, ahora tú salvarás el honor de los Hernández y le arrebatarás un hueco a la gloria en cualquier rincón del diccionario, y si no puedes, no te preocupes, dale a este padre el gustazo de tenerte vivo, como sea, pero vivo. Comeremos bizcochos y churros, y aceitunas rellenas… hijo mío.

Así se durmió este pobre hombre, sin soltarle de la mano, que casi se la tenía ya morada de la fuerza que tiene Severo, con esas manos de currante.

La trama de su voluntad había cambiado al *cien por mil*, como si dijéramos: su vida había dado un giro de *trescientos sesenta y cinco grados*. Severo se hacía cada vez más humano y se conformaba con ver a su hijo vivo aunque fuese baldado. ¿Acaso no quería a su Dani aunque se *apareciese* a un *deshechado* de carne humana?

Por la mañana vio Severo en el pasillo a la Cloti que hablaba a lo lejos con el jefe de planta y le preguntaba algo, y el doctor inmaculado de bata blanca meneaba la cabeza de lado a lado. Severo corrió hacia ellos. La Cloti venía con el *fuengirolo* que resultó ser un yerno de primera, y con Juana, y con la Manoli que venía con la nueva adquisición, el monitor de gimnasia. Severo le dio la mano como si *habiera* ingresado en la familia hace años, porque se le veía un hombrecito y porque sabía consolar a las mujeres en estos momentos tan difíciles. Este muchacho iba a ser uno de los mejores de todos los yernos de los hijos de

Severo y Juana. Y eso que nadie sabía todavía que abandonaría la gimnasia de la que no se podía vivir, y que sería un *flameante* representante nada menos que de los saneamientos Roca.

—¿Qué le has preguntado a Don Eduardo, Cloti? —así se llamaba el doctor.

—Sólo quería saber si Julito podría estudiar.

—¡Calla, insensata! —gritó el Titán con sus ojos *arrebosados* de lágrimas— nos conformamos con que viva.

—Papá, no te pongas nervioso, por favor, me ha dicho Don Eduardo que lo van a operar de la cabeza porque la tiene con coágulos y luego que lo van a meter en la UVI.

Juana, que no temía por la vida de Julito por la fe ciega que había puesto en el Altísimo, se reía por dentro y decía que de tener que meterlo que lo metieran en un Ovni grande y bueno, y le tiraba a Severo de la chaqueta para que enseñara la cartilla, como si fuese un tema de dinero. Luego dijo a una enfermera que le cambiaran a su hijo el *engranaje*. ¡Pobre! Es que no haber *estudiao*... Se refería al drenaje que tenía por el que limpiaba una herida abierta muy fea que tenía en el muslo. Severo miró de lejos a Julito, al que le estaban haciendo extracciones, y preguntó a la Cloti que qué era eso donde querían meter a Julito. Dijo así: «¿qué es eso donde quieren meter a mi niño?».

—Papá, es la Unidad de *Vigilamientos* Intensivos.

—Hostia —exclamó Severo.

TERCERA PARTE

Incluye Primera, Segunda con su opúsculo
y Tercera Historieta

Obertura

¡Pobre!

El hombre que se habló de tú, el hombre que quería ser listo (una eminencia de diccionario, nada menos), el soñador que quería arreglar este perro mundo, como le había fallado toda el álgebra que le puso a sus planes, había echado mano de su sueño de reserva, por si acaso. Así continúa mi Titán la trama de su voluntad.

Han pasado años, no tantos como para ser una porrada. A Julito le costó reponerse de la operación, pero ahí va ahora en el rápido Intercity atravesando los fértiles campos de Albacete camino de la *flameante* capital de España. A gran velocidad, traspasa el tren Almorranejo, justo por el centro, por la estación y pita hambriento de protagonismo, «puuu, puuu», pita avariento *de que* miren el trenecito, para que los habitantes sientan envidia, para que sientan la pequeñez de sus miserables vidas. Ahí van mis Hernández hacia su nueva aventura. Juana saca una bolsa con un *entrepán* que huele a tortilla de espinacas. Severo se la mete otra vez antes de que la abra. «¡Basta de miserias!», dice, hoy no es día de escatimar. Se la lleva del brazo hasta el *flameante* vagón del restaurante, para que tome allí lo que se le *anteoje*. Juana se resiste y habla de malas maneras: prefiere su *entrepán*. Los viajantes la miran. Julito se queda en su asiento vigilando sus enseres.

PRIMERA HISTORIETA

Primera redacción de la primera historieta de la tercera parte: el asqueroso guía del Prado
(Me propongo un estilo vivo de frase corta, un estilo pictórico)

—Mucho gusto. Me llamo Camilo y estoy a su disposición.

—Yo soy Severo —le estrecha la mano mientras piensa: «joder, qué coincidencia, qué mala suerte». Malos recuerdos le trae el nombre del guía— y esta es mi señora y mi hijo pequeño Julito Hernández.

Con exquisita educación les lleva el guía por las salas más *arreputadas* del museo. Camilo señala, muestra, explica, hace aspavientos cuando Juana se retrasa, dirige los ojos de ellos, les da clase de Historia de España. Julito toma notas, Severo le mira y piensa: «de tal palo…». Se emociona y Juana parece un pulpo en un garaje. Ese mundo le supera… si hubiera *estudiao*.

Cuando se calla Camilo de sus explicaciones ante *La rendición de Breda*, *en mirando* padre e hijo el cuadro, le dice Julito al oído de su padre algo, algo que está escribiendo en su libreta, como hace su padre, con una sensibilidad fuera de lo común:

—Mira el cielo, papá… ¿lo ves?... mira el cielo sobre la cabeza de los cristianos… mira las nubes sobre los moros… ¡Ah, está entre lloviznando y soleado, qué belleza tan indecisa!

Severo se abraza interiormente a su alma emocionada. Como cuando haces un barquito de papel y superpones sus partes. «¡Qué belleza tan indecisa!», repite para sí, y diagnostica, «qué ocurrencia». Y se propone para cuando llegue al hotel: «que no *me se* tiene que olvidar anotar esto en mi libreta incolora». Su libreta incolora era ahora la de sus memorias, su *añoradario*, como lo llamaba de bonito.

Qué bonito es el cuadro de *Las lanzas*, ¿verdad?, también se llama así por la cantidad de lanzas que tiene pintadas. Es verdad que el cielo está partido por lanzas en la derecha y por picas en la izquierda. En el centro las nubes se confunden con el incendio que hay a lo lejos. Las nubes son de esas que salen cuando hace aire y se han ido disipando. Luego a la derecha hay mucho humo. «Vean, vean cómo todo el humo se amontona a la derecha, lo que da a entender que el viento viene por la izquierda», les cuenta Camilo. «¡Pues es verdad!», se da cuenta Severo.

—Señora, no se puede comer en la sala —reprende Camilo a Juana que protesta—. No, señora, en esta tampoco… en ninguna. Ya se lo he dicho.

—No le hable así a mi señora —le dice Severo, que está enfadado por cómo le ha roto dicho asunto el éxtasis que tenía.

Llegan a *Las meninas*. Camilo se pega el moco y se mete una parrafada: «así está el pintor ante sus modelos… tela que expresa un triángulo virtual… y parece que puedas instalarte como observador detrás del caballete… la relación del lenguaje con la pintura es una relación infinita… esa es la función del espejo… puerta que se abre enigmática tras el muro…». Luego el guía se pone teórico y dice: «es la primera vez en la historia que un pintor pinta que pinta. Velázquez pinta mientras pinta precisamente *Las meninas*. A esto se le ha llamado el bucle de la representación del arte de representar». «¡Pues es verdad! —dice Severo— ¡Qué interesante! ¡Qué bonito es el Saber!». «¡Qué maravilla, papá!» —dice Julito, que es un ángel.

Severo disfruta del momento, pero no entiende por qué Julito no parece tener inclinación al matrimonio. Severo mira a Camilo y le parece una lumbrera: «cómo se expresa el cabrón». No se da cuenta de que todo es fachada y palabrería. Y digo yo, «para qué tanto… qué manera de complicarse la vida… con lo fácil que es mirar un cuadro». Hay mucho *inteletual* barato por ahí. Evidentemente el tal Camilo se aprovechaba de la inocencia de sus corazones. Camilo es un farsante *engolao*. Todo lo saca de los libros, pero no sabe nada de la vida. Justo al revés que mi Titán que lo sabe todo, y que lo lleva grabado en la pureza de su corazón. Es como cuando sales una noche a cenar con los amigotes, a pasártelo bien y algún hijoputa se pasa la noche haciendo teorías: la vida es de los vitalistas, la vida es de carne y hueso, y si quieres hacer el bien hay que actuar y dejarse de hablar y hablar. ¿A que sí? Pero para una vez que se sale, lo normal es divertirse. Te comes una chuleta de ternera con un rioja de doce euros. Yo odio a todos los que no hacen más que hablar y luego no hacen *na*.

Severo está tan contento ese día que no se da cuenta. Y luego encima le tiene que pagar al muy farsante. El problema vino cuando después de almorzar (encima los Hernández convidaron al bocata al muy *aprovechao*), les llevó caminando a El Casón del Buen Retiro a ver arte del que no entiende nadie, arte contemporáneo, porque a Julito le hacía ilusión.

Se pusieron a caminar desde el Prado, desde la puerta de Goya y les costó un buen rato, porque Julito desde el accidente caminaba muy lento, como si no tuviera vitalidad. ¡Pobre! El guía les pinchaba para que corrieran como si tuvieran prisas. Tenía muy mala sombra. Como no tenían mucho dinero y el guía era muy caro le dijeron que los llevara al grano, así que entraron en la sala del *Guernica*. Hacía poco que lo había recuperado España, en el ochenta y uno, bien muerto Franco, que antes nadie se atrevía a traerlo. ¡Qué vergüenza! Ya podían haberlo dejado en Nueva York. Y el gobierno pagó dinero por esa mierda. Si es que los españoles somos muy quijotes. El caso es que Severo se impresionó por las dimensiones del cuadro, pero no le llegaba dentro del corazón. Pensaba mientras lo miraba en el que tenían los Hernández en el comedor, en la escena de caza con perros mordiendo a un ciervo en el cuello, pintado por un don nadie pero con talento. El mundo se había vuelto loco. ¡Que el cuadro de su comedor no valiese nada comparado con esos monigotes! Pero Severo quería comprender más, por eso no dijo nada *a principiori*, hasta que el guía le explicara. Camilo no paraba de elogiarlo con toda esa *parafernalina* de que es triste porque representa un bombardeo (habría que bombardear al enemigo, digo yo, no vas a darle fresa), que es «desmesurado en su profundidad». No te jode. Y cosas así, como por ejemplo, el contraste entre diferentes oscuros y la «trágica *dismiembración* y *disfiguración* de los animales *dispedazados*». Toda la buena gente de la sala *exabruptaba* «no me gusta», «me da asco» y cosas peores, pero Severo, que era muy abierto, dijo: «no lo entiendo». Por eso es un Titán, aunque en esto está equivocado.

Había cabrones que decían «¡qué cuadro más grande… o es *impotente* de grande!». Yo no digo que si al menos lo hubieran acabado y coloreado, pero así… *Los fusilamientos* de Goya sí que era una escena de guerra trágica. Julito, como es un poco soñador, se quedó prendado de los bocetos que el sinvergüenza de Picasso hizo previamente para el cuadro: son mujeres llorando, madres con niños, luces, antorchas y caballos… más monigotes sin terminar. Allí están expuestos en la misma sala.

¡Ay, qué risa cuando Juana tuvo una ocurrencia! Es como la *ipérbola* del evangelio del pescador pescado, que el que va de listo queda como un tonto. Juana se dio la vuelta con ese salero *de que* tiene como andaluza que es y dijo a toda la buena gente que había allí, que eso lo hacía su bisnieta sentadita en el orinal si le dabas un lapicero o algo parecido.

Después, mientras Severo reñía al guía por insultar a Juana (aunque como es un caballero le pagó religiosamente), Juana le preguntaba a unos extranjeros por el aseo. Les chillaba pensando *de que* si chillas te entienden mejor. Ella como es un poco *ainorante* cree que la lengua es algo natural y que todo el mundo la entiende. Debían ser suecos. Sonreían y movían la cabeza con educación, pero no entendían nada. Juana se metía las manos en las entrepiernas y se levantaba la falda negra, que era muy bonita, y hacía como *de que* se meaba. Estaba muy apurada. ¡Pobre!

Segunda redacción de la primera historieta de la tercera parte: una noche maravillosa en la capital

Estaban por la noche los tres en un hotel de tres estrellas nada menos (aunque parecía de cuatro) cerquita de la plaza Mayor disfrutando del momento, cuando en la habitación con la luz apagada tuvieron una pequeña *disavinencia*:

—Mira, Juana, aunque Picasso fuera un rojo cabrón y aunque se reía de las mujeres de lo hijoputa que lo parieron, que eso es verdad, no se le puede quitar el mérito de estar en un museo como ese, que a nadie le meten ahí un cuadro, y si *nos* tráete el del comedor y diles que te lo pongan —y apagó el cigarro con los dedos porque no tenía cenicero y porque era un machote— vamos que si está ahí será por algo.

Julito que lo oyó todo, haciéndose el dormilón desde la camita plegable supletoria de un cuerpo que le habían puesto regateando mucho, porque eso el hotel sólo lo permitía con los niños pequeños, y que se había impresionado mucho de todo lo visto en los dos museos por la sensibilidad *de que* le caracteriza, aunque sentía melancolía lógica por estar lejos del paraíso terrenal de su Valencia natal, porque no estaba acostumbrado a no dormir en su cama, en silencio, daba la razón a su padre.

—Eso mismo te digo yo de mi Julio Iglesias —contestaba Juana a lo de «si está ahí será por algo», y por primera vez en su vida tenía razón. Por supuesto que Julio es un artista de tomo y lomo. Severo no se daba cuenta. ¡Qué tonto!

Juana era muy feliz de pasar en su vida la primera noche fuera de casa, y en un lugar tan maravilloso y lujoso.

Tercera redacción de la primera historieta de la tercera parte: el templo de Debod y el Valle de los Caídos ¡por España!

No voy a contar nada del templo de Debod. Sólo diré que estaba en un sitio *paradisecado*, un oasis de frescor y *carestía*, muy limpio todo y que era muy bonito. Madrid es una ciudad sin igual de *impotente* que es. No hay ciudad como Madrid en el mundo entero, *en* quitando a Valencia, que es como una tacita de plata.

Tampoco voy a decir prácticamente nada del Valle de los Caídos. Sólo contaré una *anegdota*, cosa *de que* pasó en su basílica. Severo estaba todo el día excitado: los recuerdos de la guerra le atacaban fieramente, como si estuvieran frescos *tovía*. Caminando por aquella *impotente* explanada de piedra toda, sentía haber formado parte de la Historia de España, y por *ente* de la Historia Universal. Había allí muchos símbolos y banderas. «Mira, hijo, mira», no paraba de decir señalándole cosas con el dedo. Julito estaba emocionado de tener un padre así de... todo. Le parecía un hombre guía, un modelo a *inmitarse*. Cuando entraron en la tumba del Generalísimo, Severo se cuadró pero sin fanatismos, marcialmente y con un respeto *fueras* de lo común. Cantó *en sí* mismo la Salve «Estrella de los mares, de los mares y de…», porque Rosendo había estado en la Marina y se la había cantado muchas veces. Es muy bonita. Severo nunca había estado cerca del Generalísimo en la guerra, no habían coincidido *sendos*, aunque creo que en la escabechina de Teruel estuvieron *sendos* a un kilómetro en *respectivosamente*, o más cerca *tovía* durante unos minutos (¿«escabechina» vendrá de «escabeche»?... qué paradoja, o mejor dicho, ¡qué *léchico*! Desde luego el idioma español no tiene *parnangón* con ningún otro. El idioma de Cervantes es el más rico del mundo). Bueno, pues allí estuvo cuadrado unos minutos con la cabeza baja con respeto, con su traje azul marino con el que parecía un general de la armada, hasta que, para despedirse del paladín que hacía pocos años que había *expiado,* saludó militarmente. Julito se había quedado atrás porque él no había tenido la suerte de ser Historia, y le daba un… como que no era de él esa tumba. ¡Pero tenía un respeto!... Una cola inmensa casi les atropella a los dos y no sabían hacia dónde iba (la cola) a pasito corto. La intriga les hizo a Severo y Julito seguir la inercia de ese chorro como de humanidad *deforme*. Allí estaba Juana, pero iba con una mantilla de ganchillo y seda negra, y su peineta de concha de nácar, y en los primeros puestos de la fila. «¿Dónde llevaba esas cosas escondidas? ¿En el bolso?», se preguntó Severo desde lejos. Me refiero a esos símbolos de *beatud*. «¡Qué mujer!». Cuando Severo vio que la cola era para besarle los pies al Cristo de mármol acostado empezó a recular, como si hubiera visto al diablo. No sabía cómo quitarse de la fila sin hacer el ridículo. «¡Juana, Juana… por tu madre! —decía *en sí* mismo— ¿qué hace mi mujer en esa fila de *chalaos*?». Julito miró a su padre amado y le dio a entender que iba a seguir: su cara era de perdón, como pidiendo compasión. Poco a poco *le se* fue disolviendo a Severo la cara de asco y *le se* fue recomponiendo su expresión de machote apoyado en una columna *impotente* de majestuosa que era, bajo un capitel precioso, estilo *clasicismo*. ¡Qué ganas tenía de fumar! Pero estaba prohibido. Cuando Juana *le llegó* venía como bendecida, como si una luz la hubiese recubierto, penetrado. Y metía la mantilla y la peineta otra vez en su bolso, al lado de un bocadillo que llevaba siempre por si le daba de repente la gana. Su cara muy bella (sobre todo de lejos, por lo de la viruela que le había dejado los hoyos) mostraba sus facciones preciosas, como las de una artista, como una estrella del cine, pero no una estrella del montón. Traía el semblante de mosquita muerta y con él pedía a su marido el perdón. Severo fingió estar contrariado y la cogió del brazo y la sacó de allí con educación, como se lleva a una reina. «¡Qué rica que está mi hembra!», se decía para sus *dentros* todo orgulloso. Por supuesto que la perdonaba: «tenía que haber de todo en el mundo», pensaba muy tolerante y *relativizoide*. Julito iba detrás como si fuera el rabo del orgullo.

Ya en el hotel Juana se recomponía el cutis para salir a cenar a un restaurante de moda, Julito leía un *prospecto* de turismo muy interesante y Severo fumaba un Ducados. Ya no fumaba esa mierda barata de Rumbo.

—¿No te afeitarías un poquito? —le aconsejó Juana con una dulzura y educación que se le contagiaba por el lujo. A las mujeres les pasa eso.

Severo se levantó y con gran educación abrochó el precioso colgante en el cuello de su amada, era la medallita de la Virgen de los Desamparados. Claro que tenía que afeitarse. Severo era de esos hombres peludos que por la noche parecían llevar barba de dos días. Pero sus pelos no eran como los de esos camioneros que tienen como dos cepillos negros en sus hombros. Sus pelos eran finos, suaves y lacios, por eso se peinaba hacia atrás. Sólo tenía duros esos pelos que te salen de los *jorificios*, de las narices o de las orejas.

Habían tenido una conversación telefónica con su querida Cloti, que les había dicho que disfrutaran mucho de su viaje, y que estaba todo bien por Torrente. Siempre como un ángel. Aunque les había dado una nueva preocupación: por lo visto la Pili, la hija pequeña de Carmelo y Rosalía que tenía ya veinte años, y que no había escapado a la profecía pues tenía ya una niña de cuatro, ahora tenía otro *poblema*. Impecables (él con

traje negro y corbata de rayitas con verdadero gusto, Julito
más de sport pero elegante y Juana con un vestido largo con
motivos florales gigantes, un broche, su colgante y pulseras, y
una peluca, aunque ya empezaban a no llevarse, y cubierta de
su abrigo de piel de *zorras*), salieron y el chaval del ascensor
les dijo un «buenas noches» que les supo a gloria. Y Severo
le dio dinero y no lo quería coger, pero lo cogió. A nadie le
amarga un dulce. Severo miró a su Julito tan elegante y pensó:
«¡vaya buen mozo!, ¡suerte tendrá la mujer que se lo lleve!».
Pero en el fondo de su corazón había un miramiento: ¿por qué
caminaría así de lento desde el accidente? Parecía un anciano
prematuro, y ello le daba *de que* pensar. Parecía triste y sin
inclinación al matrimonio, aunque creo que eso ya lo dije, ¿no?
Pensó Severo: «¿no habrá perdido parte de sus facultades?».
Severo quería colocar a un Hernández entre los Dirigentes. Y
yo planteo (como Julito no parece el mismo): ¿será posible que
las dos semanas que estuvo en coma tras la intervención, entre
los cables y manguitos de goma y tubos eléctricos en aquella
impersonal UVI tan mala, hayan robado el brillante futuro
de Julito? Eso le preocupaba mucho a Severo, por lo que luego
se verá también, y se comprenderá qué hacen los Hernández
justamente en los Madriles, pero ya se verá, ya se verá.

—No *sus* preocupéis por lo de la Pili, que en cuanto llegue-
mos la saco yo del *Hare Krisna* ese —se lo decía al aire, antes
de meterse en un taxi—. ¡Qué vergüenza ir por ahí con una
túnica color butano! ¡Qué van a pensar! ¡Una Hernández! ¡Y
anda que mendigando con una pandereta...! Si es que no puede
uno estar tranquilo.

—*Na* más *llegá* voy *dale*. Voy *ponela* la cara con mi *sapatilla*...

—Las sectas son muy malas —decía Julito con mucho conocimiento—. ¡Vaya putada!

Los Hernández son una piña. Pocas familias hay tan bien
abigarradas. Se ayudan los unos a los otros.

Miles de luces lucían en Madrid. No como esas ciudades
americanas que dicen que están con los ciento diez voltios
todavía en las bombillas. La ciudad es muy bonita, no como esos
puebluchos *afetados* por la apisonadora noche, por su oscuridad.

SEGUNDA HISTORIETA

**Primera y única redacción de la segunda historieta
de la tercera parte: la mala tarde que tuvo el *descarao***
(Sujeto, verbo y predicado, y muchos *epíctetos*: estilo ligero)

En la Plaza de las Ventas no cabía un alma. No cabía un
alfiler. Los Hernández tenían entradas de Sol. El sol era del
color del oro. La tarde era templada. A Juana le molestaba un
poco el abrigo de pieles. No se lo quería quitar. Paquirri bordó
la faena del primero. Severo estaba feliz. Dos orejas le dieron
y vuelta al ruedo. Juana le tiraba besos. No se lo imaginaba
tan guapo en la vida real. Pero le parecía un poco chaparro.
Severo se dio cuenta de la pequeña decepción que acuciaba a su
Juana. «¡Claro, la televisión hace altos!» Tenía razón. Severo
sonrió, «claro, claro». Pero las mujeres se dejan engañar más.
El problema vino con el tercero. Se llamaba *Descarao*. Pesaba
quinientos un kilos. Era un toro negro zaino, muy negro y muy
bonito. Era un cobarde. Julito fruncía el ceño. Severo se puso
de mala hostia cuando vio que su hijo se tapaba los ojos. Como
el *Descarao* reculaba *cagao* de miedo le metieron banderillas
negras de traca. Le estallaban en el lomo para que sacara el
carácter. El picador le perseguía por toda la plaza. El caballo
ya llevaba la lengua fuera. La gente se reía. Otros pedían que
se les devolvieran los dineros. El *Descarao* huía y buscaba la
puerta por la que había entrado. No la encontraba porque al ser
redonda todo le parecía igual. Saltó una vez por encima de los
burdaleros (¿o se dice burladeros?). «La gente pedía que a tiros
los guardias le quitaran la vida. El toro en la arena pinchaba y
mordía, mandando toreros a la enfermería». Pero ni una *enves-
tida*. Como no había manera sacaron pañuelos blancos. Había
que matarlo como fuera. El torero no hacía carrera de él. Pidió
permiso a la Presidencia. Sonaba el *Paquito el chocolatero*. Si
este pasodoble no te levanta el alma es que tienes horchata en
las venas. Le dieron quince estocadas o más. No sacó nobleza
ni para morir: en una de esas se removió y la espada se le salió.
Se le clavó en una pierna a un banderillero. Le dolió mogollón.

Hasta cuando le clavó uno de la cuadrilla el machete *descabellador* entre los cuernos se revolvió y le rompió el brazo. O sea, lo último que hizo el *Descarao* es romper un brazo a un subalterno gordo y viejo.

El siguiente sí que fue noble y le tocó otra vez al Paquirri. Lo *envestía* todo. El torero se lucía. Era tan noble que una vez que Paquirri resbaló en la sangre del toro y se cayó al suelo, el toro le esperó y si hubiera podido le hubiera cogido para que se levantase. La gente se volvía loca con el pasodoble *Que viva España*. La estocada le atravesó los pulmones y el corazón. Cuando los caballos lo arrastraban la gente aplaudía la bravura del bicho. La fiesta estaba siendo emocionante. Fue todo lo contrario al *Descarao*. Julito estaba triste y fuera de sí, y su padre se lo notó, y *en* pidiendo unas cervezas en el descanso, así le habló:

—¡Joder, Julito! ¿Es que no disfrutas?

—El *Descarao* ha tenido una mala muerte.

—Él se lo ha *buscao*.

Como vio Severo que Julito era de esos que se impresionan en las plazas de toros se avergonzó de él. Intentó convencerle con el arte:

—Es como la belleza de los cuadros *pintaos* en la pared.

—No es lo mismo, papá. No te sepa mal.

Lo intentó como tradición *españoloide*:

—Es el colorido, la belleza ancestral de donde venimos, los romanos, nuestra música, las costumbres que nos definen.

—Escojamos otras costumbres.

Lo intentó con la hombría y la chulería masculina:

—… —Julito no contestó. Tenía lágrimas en los ojos.

Por último, lo intentó con eso de «un mal menor por un bien mayor»:

—Que sepas, hijo, que los ganaderos de toros de Lidia son los que protegen la especie. De no ser por ellos se extinguirían —lo dijo convencido de ello—, es la protección que le debemos los hombres a la Naturaleza.

Severo odió a su hijo predilecto durante un momento. Él no es tajante. Por ejemplo, Juana engulle costumbres y él las analiza. Luego se dio cuenta de que en el fondo Julito le superaba.

Eso le pareció equivocado por su arrebatadora humildad. Pero fue como una bofetada pasajera. De pronto Severo se rellenó de verdad de un golpe, como un vaso que *te se* cae en un cubo. Juana, al salir el quinto de la tarde, le apretó la mano. Le impuso a su marido la otra cara de la moneda. Miraron juntos el *glamur*, la elegancia de las autoridades, la nobleza en la cara de su marquesa preferida en el palco, ahora, ahí, junto a ellos, en carne y hueso, más elegante si cabía que como la veían en la tele, la marquesa de Montoro muy bien *ensequitada* por cierto, todos muy *destinguidos*. Y sonó «no me gusta que a los toros te pongas la minifalda» de Manolo Escobar, y se apretaron las manos porque habían nacido para transitar *arrejuntaos* dicho camino de actualidad. Así lo sintió en el alma, como un «zas», como un guantazo espiritual. Cuando el sexto de la tarde, que resultó ser un toro mediocre porque era mestizo, ni negro ni blanco (que parecía un cabestro), tenía ya dos palmos de lengua, Julito que nos ha salido rana dijo:

—El *Descarao* hubiera preferido ser un extinguido de esos —suspiró *en* pensando en la mala muerte. No parecía hijo de su padre—, en qué mala hora he venido a una corrida, mierda.

¡Qué ocurrencia más cabrona! Después de lo caras que habían sido las entradas.

Opúsculo a la única redacción de la segunda historieta de la tercera parte: un hecho insólito y *politicoide*, curioso, pero que nada añade
(Seguiré *escuetoide*)

Severo arrastra el desengaño de lo de Julito. Sufre de verle equivocado. Le quiere tanto que le perdona su debilidad. Sabe que el conocimiento necesita años para aposentarse. Él mismo nota que no se acuesta ninguna noche sin aprender una cosa más. Un manojo de *hippies* disturban en la puerta principal de la Plaza de las Ventas. Comandados por un anciano de traje de cheviot verde y barba a lo Trotsky, lanzan gritos e *improperías*. Despliegan una pancarta gigante: «Plataforma antitaurina de la Facultad de Biología y la de Filosofía y Letras». Son unos cabrones, porque arruinan la fiesta. La gente que sale feliz no quiere ni mirarlos. No hay derecho. «Dónde está la policía en estos momentos», dicen algunos. Juana se encara contra ellos. Los *increspa* de malas maneras e insultos maleducados. Severo no puede pararla. Una señora de más alta sociedad que Juana se les acerca y con educación les dice: «¿Por qué en vez de salvar animalitos no salváis a los niñitos que se mueren de hambre en el Africa *negra*?». Y qué razón tiene. Uno de los estudiantes que tiene barba y lleva un macuto lleno de publicidad se le acerca a la señora y la mancha entera. Es una amiga de la marquesa nada menos. El *hippy* le echa a perder el abrigo de visones muertos con un *spray* rojo color sangre. Juana le golpea con el bolso. Otro *hippy* va en ayuda del primer *hippy*. Su intención es destrozar el abrigo de Juana. Para ello tiene que cruzar la calle. Un taxi da un frenazo y le da un golpe y lo tira al suelo (al desaprensivo). Una furgoneta Mercedes le pasa luego por encima. La gente grita *aterrorrificada*. Como iba muy sucio nadie se da cuenta de que era una chica vestida indecentemente. Severo, con la humanidad y humildad *de que* le caracterizan, se abalanza a socorrer a la activista. Es la segunda vez en su vida. Por las venas de Severo corren átomos de bondad y moléculas de humanas solidaridades. Es el mejor. Yo la hubiera dejado ahí, como una mierda. Ella yace inerte. La gente chilla. Otros se apiadan. Juana la escupe en el suelo mientras una señora intenta retenerla. Nadie con dos dedos de frente la puede culpar —a Juana. Es zafia, pero no por naturaleza. Hay que conocer los *arvatares* de su infancia. «¡Qué disgusto!», dice la gente más fina. La gente distinguida se mete en los taxis y se alejan. Sólo Severo se mancha de sangre de la muchacha indeseable. «Si sus padres la vieran hecha trizas», piensa mi Titán. Chilla como un animal (la activista maltrecha). Tiene huesos fuera. La tapa Severo con su chaqueta, la azul marino que ha costado más dinero de lo que vale ella. Julito le admira de veras, aunque no deja de pensar en el *Descarao*. Julito parece que no ha quedado bien de lo de su accidente.

TERCERA HISTORIETA

Primera redacción de la tercera historieta de la tercera parte: «Pisa fuerte, Juana»

Van mis tres Hernándeces en un taxi por los suburbios de los madriles hacia su misión. Es por la mañana y la metrópoli despierta a la vida. Recorren la M-30, que es como una gran vena, y los coches son la sangre de ese gran organismo vivo. Los tendones de la ciudad son los… La ciudad es un lío de arterias, tendones y genes. Yo me hago siempre un lío. No sé. Severo pide permiso para fumar con esa *destinción de que* tiene, y le da un pito al taxista, que como es de Murcia también, escucha cómo Severo le lleva mentalmente a través del mapa que tiene memorizado en su prodigioso *celebro*. Qué paradoja. Mientras uno conduce literalmente hablando por asfalto y calles, otro le lleva con la imaginación por el centro de Murcia. Al taxista le parece estar paseando por la calle del Marqués de los Vélez, le parece estar viendo el lujo del Hotel Churra, y se lo imagina arrastrando del brazo a su señora (porque está muy gorda), que casualmente es de Cartagena. ¡Qué gente más agradable hay en España! Hablan como si se conocieran de toda la vida.

¡Qué sucio está Madrid! Se dan cuenta. Se sienten adinerados entre esa masa de trabajadores que se encaminan a sus trabajos. El taxista blasfema porque una mujer novata se pasa un stop y casi los mata. Yo no digo que todas las mujeres conduzcan mal. Algunas conducen tan bien como cualquier hombre. Los trabajadores bostezan en sus coches, o en los trasportes públicos. Severo siente pena por las clases inferiores, pero sabe a ciencia cierta que para ascender hay que trabajar duro, como hizo él. Ellos no son ricos, pero la modestia de su hogar en Torrente contrasta con la pureza y magnitud de sus corazones. Bordean el barrio de la Elipa. Todo es podredumbre. «¡Dios, qué cutre!», exclama Juana con razón. Es una zona de mucha delincuencia, miseria, gentes malolientes y de todo tipo, un nuevo mundo de desplazados, que han venido de fuera. Es asqueroso y por nada del mundo viviría yo allí. Yo veo muy bien que a España venga quien sea, siempre y cuando no quiten el trabajo a los autóctonos, a los residentes y que han nacido aquí. Tras este pequeño *indeciso*, Torrente ahora en sus corazones se les presenta maravilloso, un paraíso a diez kilómetros escasos de la preciosa Valencia. Se saludan como caballeros antes de despedirse, y ¡menuda propina que le da Severo! Ese mundo de educación y buenas maneras estaba desapareciendo.

Por fin. Severo camina con su Juana del brazo por los pasillos de *marmóóóles* de la Facultad de Ingenieros de Madrid. Le abre las puertas de cristal con esa galantería *de que* tiene mi Titán, para no haber *estudiao*. Se respira sabiduría sólo *en* pasando por allí. Juana dice que *agüele* a porros y es verdad, pero Severo le quita importancia. Le pide que no sea «tan tajante». Los estudiantes no van bien vestidos, pero «lo importante es lo importante, Juana, joder», le dice. Todos llevan libros. Normal. ¡Cómo le hubiera gustado a él estudiar allí! Tengo que decir *de que* esta era la razón de que estén aquí en Madrid, si alguien no se había *dao* cuenta *tovía*. Severo siente una envidia infinita. Si él fuera joven, veríamos. Dicha carencia la rellena ahora con el orgullo *de que* siente *endiferido,* por ser su hijo quien va a matricularse. Severo ha recogido en secretaría todos los impresos. Son muchos y *enrivesados* papeles. Julito los rellenará. Para eso es una lumbrera. Cuando la secretaria de turno les pregunta si van a pedir beca, Severo se estira como si *le se* hubieran inyectado un tubo entero de orgullo, como cuando le metes a un coche *escacharrao balbulina* por donde haya que metérsela (bueno, yo no entiendo mucho de mecánica). Parecía como cuando te ha picado un bicho y saltas. «Señorita, mi familia no quiere privilegios. Mi hijo va a estudiar aquí sin favoritismos». La tía antipática sólo dijo: «¡pues mira qué bien!». Era la típica resentida que no ha llegado a nada y se cree algo. Severo no paraba de pensar en todo lo que habían tenido que pasar para llegar allí. «¡Qué lejos hemos *llegao*, Juana!», le había dicho en mirando un tablón de anuncios con ofertas de trabajo y con anuncios del tipo «busco chico para compartir piso», o «vendo Ford Fiesta, sólo ciento cincuenta mil kilómetros.

Llantas de aleación y un montón de extras», o «paso trabajos
a máquina a veinticinco pesetas el folio». Severo le explica a
la secretaria mala sombra que el hecho de que su hijo estudie
es empresa familiar, que es el más listo de los Hernández, y
que aunque están allí sólo su padre y su madre, toda la familia
es la que porta a su Julito en *volantas*, y le enseña la cartilla en
la que todos han contribuido. Y *la* explica *de que* ha costado
años de hincharla. Es un poco inocente, pero resulta *de que* al
final la secretaria no es tan asquerosa y sí que se conmueve y
los trata como se merecen. Luego es muy amable, porque le
dan mucha pena, aunque se *desacojona* cuando Severo le dice
la edad de Julito. Lee luego en el tablón «Nativo da clase de
inglés», y eso ya le parece demasiado, «¡Un nativo!» exclama
en para sí. No comprende por qué tienen a un negro africano
de una tribu dando clases de algo tan digno como idiomas. Yo
tampoco lo he comprendido nunca.

Vuelven por el pasillo (él y ella) y Severo se para ante un
grupo de estudiantes. «¡Qué buenos amigos va a hacer aquí
mi Julito!» Los estudiantes se compadecen de él no se sabe el
porqué. Él, en cambio, cree que le envidian, porque cree que
se dan cuenta de lo feliz que está de haber llegado hasta ahí.
Son unos asquerosos. Miran su traje de chaqueta que le sienta
tan bien y se sienten superiores. Aún así, él no se imaginaba así
la Universidad para nada. Pensaba que era más *ilitista*, pero se
da cuenta de que hay gente también muy normal. Eso lo ve él
bien, porque todo el mundo tiene derecho a estudiar. Todos
miran de malas maneras el abrigo de la Juana y se despatarran
de risa los cabrones. Para ellos no es normal en septiembre
ir con pieles, pero el caso es que en Madrid hace un frío que
pela. La envidia es muy mala. Desde luego para vivir no hay
nada como Valencia (hablo del clima). Severo no les devuelve
la mirada reprobatoria (me refiero *de que* él está por encima
subido encima de ellos y les perdona por ser tan jóvenes *tovía*).

Ve un panfleto catalanista en un tablón de anuncios. Lo
lee. Debajo hay un anuncio: «Doy clases de catalán. Todos
los niveles». Piensa y concluye: «¡qué asquerosos! Cómo nos
odian los catalanes, joder, aunque también allí debe haber gente

buena». En este tema mi Titán no es como yo, es un poco *flanín*. Yo no estudiaría el catalán aunque me pusieran electrodos ahí abajo y los enchufaran a doscientos veinte. ¿Cómo puede alguien decir que esa mierda es una lengua?... Yo les daba la independencia, pero obligatoria, y luego construía un muro de piedra desde los Pirineos hasta Tarragona, y luego ponía un montón de *ametralletas*. Los catalanes siempre se han creído superiores a los valencianos y los mallorquines.

Demos un poco de ambiente a la Universidad. Severo miró un cactus que había de adorno, y un ficus benjamina, y unas vellositas, y una jazminera. La caseta del bedel se parecía a un precioso jardín botánico, portátil. Pensó, con la sensibilidad *de que* le caracteriza, que eran tan bellas y frágiles esas florecillas, que se le quedarían entre sus dedazos de currante que tiene, en caso de tocarlas. Por un momento pareció el típico estúpido escritor atormentado por sus sensibleros sentidos tísicos. Pero él no es así. Él es auténtico y salvaje como… como… como un camino intransitado. Fuera, en los muros, hay pintadas políticas. A Severo le gusta la limpieza y el orden. No lo entiende, pero lo ve como progreso, lo ve como una libertad necesaria, cree que el mundo tiene que cambiar, lo ve moderno. No lo entiende. En esto es un blando también. Mira a Juana que fue ayer a la peluquería del hotel. ¡En Madrid hay unas peluquerías…! ¡Cómo la trataron de bien! Salió supercontenta. Le pusieron un montón de laca cara. Ella piensa que para ser feliz no hace falta estudiar tanto, pero respeta la ilusión de Severo. En el fondo piensa *de que* su Cloti es la más feliz. Sabe y con razón que mucha gente ha *estudiao* y no le ha valido para nada. Juana hoy no está contenta. ¡Tiene una hinchazón! Aunque no es valenciana se le ha hecho el estómago delicado como a los que *habemos* nacido allí, y en cuanto come fuera de casa —que por ahí no te dan más que basura— se pone malísima. Severo se había quitado la corbata y la llevaba escondida en el bolsillo. Él comprende que allí está fuera de lugar. Él no quiere desentonar. Parece un profesor, de bien que va. Parece un *inteletual mundanal*. Va muy encorvado, pero él no sabe que dentro de cinco años se va a encorvar mucho más. Yo soy el narrador y sé la que le espera, pero no puedo decir más.

—Pisa fuerte, Juana, que estás aquí por derecho —le dice a su amada.

Ella protesta como siempre. No está a la altura. Le echa la culpa de su paso lento a las callosidades de sus pies. Pero Severo no se *imputa* ni un ápice. Al final del pasillo está sentado Julito, en la puerta de la cafetería, sin lujos. *Agüele* a mal olor, a estudiantes y a duro trabajo, a esfuerzo. Es «el aroma de los triunfadores», piensa Severo. Lo que hay es un humo espesísimo a tabaco que tira *pa trás*.

—¡Vaya familia que *estemos*! Me tenéis frita… —protesta Juana.

Severo le pide un café y la sienta solita en la cafetería. Le trae también un *cura asao* que es lo que más *la* gusta. «Esparce bien la mantequilla, Juana, que no somos millonarios», *la* dice Severo mientras *la* besa la oreja. Todos los miran. Se quedan boquiabiertos de las maneras del galán. El café tiene que traerlo él mismo porque los camareros, que son unos cabrones, no salen de la barra. Hasta los que están afuera desde las ventanas la miran. Ya quisieran tener una mujer como esa de *destinguida* cuando acaben las carreras. Porque lo único malo de Juana es lo mal que habla. No aparentaba Juana lo vieja que era, de lo bien conservada que estaba y cómo se arreglaba. A lo mejor viéndola en la *nocturnidad de la noche*, en camisón y en bragas… pero eso les pasa a todas las mujeres. Severo miraba a los camareros y se daba cuenta de que eran una mierda. No tenían estilo, ni maneras, ni iban de uniforme. No sabían servir. Si *cogería* él ese negocio se forraría. En el fondo ve la Universidad como un poco destartalada. Se dispone a rellenar los papeles con Julito. También quiere meterle un sermón.

Y última redacción de la tercera historieta de la tercera parte: las verdades severianas

Severo, de haber sabido lo que iba a pasar, no hubiera hecho este viaje a Madrid. Como cualquiera en la vida: de nacer de mayores ¡anda que nos la iban a meter doblada! ¡De qué! Pero la vida es así: nada sabemos *aperiori*.

Rellenaron los impresos de matrícula en un santiamén. Porque Julito para cosas de papeles tenía un desparpajo... Severo cogía a su Julito por el hombro, sentados allí en ese banco de la Universidad. Delante de ellos pasaron dos alumnos muy mal vestidos. Severo miró la cara de su hijo, y creyó que... bueno quién sabe lo que creyó. Le dijo:

—Hijo mío, nunca tengas miedo de las clases inferiores.

—Yo siempre protejo a los más pobres —contestó Julito que es un ángel—, además, papá, nosotros no somos ricos.

—La pobreza y la riqueza están en los corazones.

Así empezó el sermón de la Universidad, que acabó en una duda que se le instaló a Severo, como si te clavas una pincha por robar una rosa en un corral, pero en el alma.

Severo que tiene vista de lince le habló y habló de lo mal que estaba el mundo, de que no hay moral, de lo mala que es la política, le dijo que no se apuntara a ningún partido, y que todo el mundo es igual (de malo), que la gente en cuanto tiene el poder se *corrosive*... que él había visto mucho en la vida, y que no confiara en la gente que trabaja en los ayuntamientos, que entre ellos se lo comen todo, y que se pagan comidas unos consejeros a otros, y manejan todo, y que se pasan las entradas de los teatros y la ópera, y por eso si vas a sacar una entrada nunca hay, y le dijo eso de que él iría a la ópera cuando la cultura fuera gratis, y que ¿quién protegía a los ricos? (él tiene obsesión con los ricos), y que en general que cada uno mira por sí, y que ojo con todos: con los que manejan el cotarro, con los partidos, con las clases inferiores, con los ingenieros —y eso que Julito quería ser uno de ellos, pero no compares— y con los abogados... se había hecho un poco de lío. Concluyó Severo con su frase favorita que la acababa cada vez como le daba la gana: «tú, hijo mío, aférrate a tu plaza cuando la tengas como si fuera el último mendrugo de pan del planeta». Luego para acojonarle le dijo eso de «mala juventud mísera senectutus genit», y se lo había dicho mal porque el genitivo de tal es, creo... tal. Luego para meterle afán de superioridad le dijo que la vida era sufrimiento y que hay que tener buen «resorte» si quieres levantarte por encima de las adversidades:

—Mírame a mí. Me han desestimado mi *Hacia una mayor convivencia*, ¿y qué?

—Sí, qué pena, papá —le consolaba su hijito sincero.

—No pasa nada, hijo mío: escribiré una biografía de hechos, estrujaré nuestra alma, destilaré toda la emoción que hay en la maravillosa vida de los Hernández —se exaltaba mucho con el tema y repitió eso de—, a esa editorial de mierda le diría yo: «con que no era mi obra emocionante, ¿eh?... ¿con que queréis emociones?... pues las vais a tener». Y aquí estás tú, nada menos que en Madrid estudiando para ingeniero... Tú encabezarás las proezas de los *Hernándeces* ya sean natos, ya neonatos. Les diría que venimos de peones camineros, pero que tú vas a dar la campanada hijo mío, por mis *güevos*...

Encendieron *ambos* pitos, *sendos* (Julito y su padre). Severo volvía a sufrir por pensar que ya no iba a ser una celebridad, al revivirlo. Se repuso, alquitranó sus pulmones, hizo una «O» de humo y regaló a su hijito otra verdad con la que manejarse en este perro mundo:

—Hijo, de nada nos vale el victimismo. No te sientas nunca una víctima. Haz lo que hagan todos para triunfar, que eso es normal. Sólo intenta no ser el primero en cometer lo que te parezca algo inmoral... No seas el cabecilla, pero piensa que si no lo haces tú, otro lo hará.

Ya quisiera yo haber tenido un padre así. Se callaron un rato. Julito meneaba la cabeza como dejando que se le asentaran las verdades en el *celebro*. Iban a tirar los cigarros al suelo cuando se percataron de que había ceniceros por todas partes. El suelo estaba muy limpio.

Julito no soportó más la presión y se tapó la cara con sus callosas manos de poner escayola y se puso a sollozar.

—Papá, si yo no valgo para estudiar...

—No digas eso, hijo querido...

—Si tengo treinta y dos años, mírame papá. ¿Dónde voy ya? Si voy a ser el más viejo de la clase... si habrá profesores más jóvenes...

Al igual que yo amo los *epíctetos* (mi mujer me llama *epictetero*), Severo es un hombre refranero y le soltó uno bueno:

—«Nunca es tarde si la dicha es buena», hijo mío.

Y qué razón que tiene en eso Severo. Una tía mía después de treinta años de caerse su marido por un terraplén y... bueno, pues eso que «nunca es tarde si la dicha es buena».

—La pasión es amiga de la vida —dijo Severo después al ver que no se reponía. Esta frase era de cosecha propia, aunque yo la he oído por ahí.

—Papá, yo ya no tengo ganas de nada... todo el mundo me parece más listo que yo.

—Es corriente, hijo, pensar que nuestro pensamiento es profundo y el de los otros es superficial...

—Papá, si estoy diciéndote que a mí me pasa todo lo contrario.

—... —no sabía Severo qué contestar.

—Papá, yo lo que de verdad haría...

—...

Severo estuvo a punto de decir una cosa, pero se la calló. Lo sé, porque un día muy señalado se lo contó a Julito y este se lo contó a la Cloti y esta años después me lo contó a mí. Pero no lo dijo. Sólo se le instaló esa espina que dije antes: se le clavó una duda, sobre si su hijo se le había malogrado con el hostiazo que se había *pegao* con la *amoto*. Los padres no podemos estar tranquilos hasta que nos morimos. Julito se confesó:

—Lo que de verdad me gustaría es dejar la obra y montar una relojería —concluyó su hijo predilecto.

Severo le explicó que tener negocio propio era maravilloso y que estaba orgulloso de la peluquería de la Cloti, «y no te digo nada de la paraeta», le dijo, que no te digo nada lo orgulloso que estaba, pero que él no podía conformarse, desperdiciar eso para lo «que estaba tan bien equipado». Severo recordó aquello que dijo Julito de niño: «yo no quiero ser listo, sino bueno». Pero se dio cuenta de que eso no tenía ahora nada que ver. Juana en la cafetería se desesperaba, ya se había quitado los zapatos y algunos estudiantes hablaban con ella, y desde lejos parecía una reina, pero los jóvenes se *la* reían, porque ella les contaba cosas. No sabemos qué les contaría, pero ellos estaban *desentornillándose*. Julito se repuso, y por fin dijo lo que su padre quería oír:

—Papá, vete tranquilo para Valencia, que aquí se queda tu hijo que te quiere y que va a estudiar.

¡Qué mentira! ¡Qué mentira le dijo Julito! ¡Qué cabrón!... Bueno, ahí te quedas Julito, en Madrid, ahí te dejamos ¡Buena suerte! ¡Qué pena que yo sepa lo que te va a pasar!

CUARTA PARTE Y ÚLTIMA

Incluye Primera, Segunda, Tercera,
Cuarta Historieta y Final

Por fin se va a saber quién soy yo. Hasta ahora he sido un triste Equis. ¿Quién será Equis? ¿Será un familiar de Severo? ¿Será un *inteletual*? ¿Será un novelista profesional, tal vez?...

PRIMERA HISTORIETA

Gracias a la fregona de Merche

Merche, la cuarta de Carmelo y Rosalía, la que cumplió la profecía con gemelos a los diecisiete, y que no hubo forma de saber el nombre del padre por muchos interrogatorios que *la* hicieron, trabaja fregando suelos y limpiando una prestigiosa imprenta gráfica en la calle Valencia, al lado del cruce que va hacia la venta la Curra. Hay ahí un semáforo muy jodido, y ¡se montan allí unos tapones! Porque toda la economía de Torrente pasa por allí. Desde allí vas a Barcelona, a París, a Madrid... o sea que es el punto *neurasténico* por donde pasan todos los camiones que abastecen a los polígonos industriales. Merche no valía para estudiar, ni quería ser azafata (aunque era muy guapa) como Charo, la tercera de la Cloti (y mira que esta intentó meterla en las pruebas), ni quiere ser actriz como su hermana Eloísa, ni como Carmela, la tercera de Dani, que tiene una voz... Merche no vale para nada, por eso friega en la —¿ya he dicho que es muy prestigiosa?— imprenta. Una mañana el director se la encontró llorando desconsolada y *la* preguntó:

—¿Qué te pasa, Merche?

—Con todas esas cosas que se imprimen aquí y mi abuelito no consiguió que le editaran una obra maestra que él tiene.

El director (que tiene la imprenta como tapadera, porque realmente lo que le gustaría sería encontrar un *crack*, un escritor con la capacidad suficiente como para escribir un *best seller*), se mosqueó y siguió indagando.

—¿Quién es tu abuelito, Merche? —preguntó ese editor en potencia.

—Mi abuelito trabajó treinta años en el Marisquero, y por las noches era un acomodador muy fino, y ahora está muy enfermo por una cosa que le ha pasado, y Don Camilo José Cela dijo de él que era una lumbrera —y volvió a llorar como una *madalena*— pero mandó su obra de ciencia ficción a una editorial y se la rechazaron de malas maneras.

El director, que se llamaba Vicente, se mostró intrigado y para que estuviera contenta y siguiera pilotando su fregona (más que para otra cosa), la *instigó* a que por qué no le traía «esa obra maestra a ver qué tal». Merche se lo agradeció mucho y se secó los mocos. Es muy buena chica.

Pasaron unos días hasta que el jefe de Merche se decidió. Ahora Vicente camina emocionado por la avenida de los Mártires (que ya hace tiempo que le han cambiado el nombre por el de avenida del País Valenciano, con esa manía de *enmerdar* la Historia), y gira por la Fuente de las Ranas, pero hacia la derecha, y entra en la calle San Fermín. *Agüele* muy bien porque en la esquina hay un negocio de pollos asados con patatas fritas y ajoaceite. En Valencia puedes comprarte un pollo maravilloso y llevártelo calentito a casa a comértelo *en viendo* la tele. Es una costumbre muy nuestra. Hay un andamio. Se construye mucho, de lo *pujantosa* que tiene la economía. Torrente, ese lugar magnífico en el que hacerse grande de inmenso. Vicente mira a una chavala que va con la barriga fuera, y una camiseta blanca muy descocada, y cuando han pasado ya unos segundos *en disimulando* se da la vuelta y la mira el culo, y piensa *en que* qué mujeres hay en Valencia de guapas y finas, pero con la educación *de que* tiene, no dice nada. Pero del andamio cae como un jarro de meados que tiras por la calle una grosería: «¡que te torras nena!». Eso tiene doble sentido, porque como hacía un calor terrible, y «torrarse» es asarse como los pollos, que dije *en antes*, parece que el obrero de la construcción la precavía de la insolación para que se metiese por la sombra, pero «tetorras», son también tetas inmensas, y claro...

—Vicente, esta es mi tía Cloti. Tía, este es Vicente, mi jefe.

El impresor (le llamaremos así, pero ya dije que su ilusión es llegar a ser editor), que es un hombre de corbata y principios, y que tiene esa *destinción* que tienen las personas educadas, habló a la Cloti de lo buena trabajadora que era su sobrina Merche y de lo contentos que están con ella en la imprenta. Cloti pidió con esas maneras *de que* tiene a Vicente que le acompañara a la peluquería porque ella personalmente administra el negocio. Es una gran señora. Todos viven en una piña. Se arropan los unos a los otros. Por eso en menos de cinco minutos, después de echarle un vistazo a la lujosísima peluquería, llegan a Elena Tamarit y suben al cuarto piso. Vicente siente una gran emoción, pero aún no sabe por qué. La casa de Severo es un hervidero de gente. La tienen ocupada nueras, nietas, bisnietas, hijos, amigotes de todos, y todo tipo de gentes. Se nota que la familia Hernández gira en torno a su líder. Cloti deja a Vicente en el comedor. Habla con Juana en la puerta de la cocina y Vicente lo ve, pero no oye nada. Vicente entre la maraña humana ve a Severo por primera vez sentado en un sillón. Es un abuelo *decrepitado*. Parece de esos que ya están muertos, callado, blanco como si hubiese pasado por la puerta de una panadería al tiempo que había una ventolera. Cloti entra en el dormitorio sagrado de sus padres, y de los dos cajones saca *Hacia una mayor convivencia*, el manuscrito que se mete bajo la falda, y lo agarra con los pantis, lo pone junto a su pubis. «Una y no más», había dicho Severo años antes, que nunca volvería a darle su obra a nadie, pero ya ves lo que se hace a sus espaldas. Vicente esconde el manuscrito en un maletín. Le invitan a comer y él *accede* que sí.

¡Qué deslumbramiento iba a sentir el tal Vicente en dicho hogar! Severo no se sienta en la mesa, sino que le dan de comer en una bandejita. Come acelguitas, pero con jamón que así es como más le gustan y que no le hacen daño. Vicente le mira de reojo, porque aunque esté acabado ve que *se le* sale una arrebatadora personalidad. Severo mira por la ventana ensimismado con la barbilla llena de caldo de acelga. Rosalía se levanta y con un amor fuera de lo común se lo limpia con una servilleta. En la mesa hay una chica *negra*. Está en casa de los Hernández por un intercambio. Son muy modernos. Mientras tanto, Jennifer, la bisnieta más guapa de los Hernández estará en Chicago en casa de la americana. La negrita, que sería muy guapa de ser

blanca, no quiere comer carne. Juana dice que la carne está muy
buena y que es de solomillo y que cuesta tres mil pesetas el kilo.
«No, muchas gracias», dice la negrita en perfecto español. Por
lo visto es eso que llaman «vegetariana», que no comen carne
porque les dan pena los bichos. Juana dice que lo que le hace
falta es una guerra. Dice la *negrita* chicagüense:

—Los *mamífegos* tienen un *sistema nugonal* muy *paguesido*
al *nuesto*. *Pog* eso no *debeguíamos comégnolos*.

Toda la *Hernandada* al completo se queda estupefacta porque les habla del problema ecológico que supone la producción
de carne en el mundo, de las alternativas que hay *en comiendo*
sucedáneos de carne, por ejemplo, y verduras, legumbres y qué
sé yo de cosas. La *negrita* les da mucha pena. Lleva pantalones
bombachos y además es altísima. «Más la valdría ser sorda o
coja», le dice Severita a Charo al oído, pues las mujeres están
mejor si no son muy altas. Charo no está del todo de acuerdo
porque no la van a coger de azafata por ser chaparra, pero no
lo sabe *tovía*, pero no *la* dice nada a la otra, a la Severita.

Todos están con la boca abierta. No sabían que la carne
además fuera mala para la salud, siendo tan cara. «Pobre gente
—dice Rosalía—, deben pasarlas canutas», que se da cuenta
de cómo de mal deben vivir los americanos. «¿Hay algo más
tonto que un suizo?», pregunta en voz alta Rosita, la primera
de Raquelín. «¡Un americano!», contestan todos a la vez, como
un coro. ¡Qué risa les da!

Luego piden a Carmela, la nieta de Severo que quiere ser
cantante, que cante una canción. Se ha presentado a un concurso de música y va a llegar muy lejos, como buena hija de
Dani. Este ya tiene casi sesenta años y sigue chillando como
en antes, como un *poseidón* por el diablo, y emite sonidos como
siguiendo la melodía que todos celebran. Dani no llegó ya nunca
ni a hablar ni a nada. Dani quiere mucho a Carmela por su afición musical. Rosalía, que está emocionada de escuchar la voz
prodigiosa de Carmela, le dice al oído a la Cloti, refiriéndose
al concurso al que va a ir representando a Valencia, que «si no
estará ya *dao*». Pues claro, en cuanto hay dinero por medio...
el mundo es una gran mentira.

De pronto entra Julito en el hogar. Viene solo. Todos se callan. Hace por acercarse a Severo a darle un beso. Cloti le coge del brazo y le quita la idea. Severo mira por la ventana el brillo del sol del verano, parece inmerso en el recuerdo de su vida, pero no, lo que está es recorriendo palmo a palmo con su prodigiosa memoria las calles alegres y señoriales de su Murcia natal.

Después de comer se van. Vicente y la Cloti se sientan en un banco de la avenida —y le explica ella que lo que le dio *en antes* era el original (antes de ser traducido), y le explica que como nadie sabe hoy día esperanto, pues que para qué se lo iba a dar traducido.

¡Pero si está a lápiz! —exclama Vicente.

SEGUNDA HISTORIETA

Me lo contó la Cloti

Ya no puedo más. Ya no lo aguanto. Yo quería mantener un poco más el *anognimatos,* yo quería que lo averiguaran por ustedes mismos: yo soy Equis, yo soy Vicente Banacloy, y como se ve por el apellido mi padre era de fuera, pero ya quisieran los que vienen ahora a Valencia ser como era mi padre. Él era emigrante sí, pero respetuoso, y aceptó hasta a la Virgen de los Desamparados. Por esos *arrivatares* yo nací en Valencia.

Yo me di cuenta de que Severo debía tener una gran espiritualidad, y prometí a su hija leerlo con cariño, que por cierto estaba todavía de muy buen ver, y me vinieron pensamientos groseros al respecto del calorcillo que debía hacer allí, donde había escondido el manuscrito. ¡Qué ocurrencia! La mente del hombre es un misterio.

Se me iba a apoderar una intriga sin *antecedentes.* Por aquella yo estaba harto de imprimir publicidad de inmobiliarias, de ofertas de Mercadona, de ópticas —que en Torrente hay un montón—, de bancos que ofrecían ollas a presión y aspiradoras *desalámbricas* si domiciliabas la nómina, de envoltorios de chocolates a la taza, ofertas de electrónica, horarios de gimnasios y fotos de playas con palmeras de las agencias de viajes. Pero yo quería más, yo quería imprimir un libro verdadero que me diera la fama, yo quería ser editor y no esa mierda que era. Yo he nacido para más. Yo tengo un *celebro* creativo como ya habrá visto cualquiera, lo que pasa en la vida es que hay que ganarse los garbanzos, ¿no?

¡Qué hija era la Cloti! ¡Cómo demostraba querer a su «papaíto» querido! Me hizo un resumen *sopero* de su vida, y cuando yo le pregunté el porqué de su estado, me lo contó así la Cloti con detalles:

—Fue hace cinco años, que estábamos en el Romeral, ¿lo conoce? —claro que lo conocía, como que hice allí el banquetazo de mi boda, y como que es el mejor restaurante del Vedat, y no es caro—, pues allí estábamos todos los Hernández *areunidos acelebrándolo*. —Cloti no hablaba de mal como su madre, pero como no había *estudiao*, tampoco era una lumbrera, pero estaba de guapa…—. Mi padre iba con su traje azul marino, que todos dicen que parece un almirante mercante, o un *guardamarinas* de esos, y él se paseaba por todas las mesas como un verdadero *anfiteatrión*, daba puros a todos, y hablaba con todos los familiares que habían venido de toda España. Tenemos familia en Toledo, en Zaragoza, en Asturias, en Murcia de donde es mi padre y hasta en Fuengirola, que es donde conocí a mi marido. Mi padre había jurado y perjurado desde hacía años *de que* cuando se *lisenciase* un Hernández daría una gran fiesta. Yo sólo de verle tenía una hinchazón aquí en el pecho —y arrepretujaba las tetas con un descaro—. Ya ha conocido usted a mi hermano Julito… sí, ese… ese que cuando entró, todos… sí, es mi hermano pequeño, el más listo de todos los Hernández, el que estuvo cinco años en Madrid estudiando para ingenieros… exacto… eso celebrábamos, que se había *lisenciado* con una ilusión que nos hacía, y a mi padre, nadie lo sabe la ilusión que le hacía. Pues allí con toda esa gente entre familiares, amigos y antiguos compañeros de trabajos de mi padre, que yo los conocía a todos salvo a una muchacha mestiza que no sabía quién la había invitado, y que era un misterio, y que para ser medio *negra* no era desagradable, entre toda esa

masa de amor, y de reconocimiento, y un montón de vecinos
también, como que mi padre había invitado hasta la familia de
enanoides que viven arriba, y que no los quiere nadie... Pues allí,
con toda *testigada* y muchedumbre ocurrió... —soltó Cloti una
lágrima y la guardó en su pañuelo con una «hache» mayúscula
bordada, ¡una hache de Hernández!—, se cagó la ceremonia:
oímos un revuelo con palabrotas fuertes y con «que te doy dos
hostias», y se oyó un alto y claro «o lo retiras o te mato». Mi
madre estaba de guapa con su vestido de organdí. Madre mía,
¿qué veneno había *penentrado* por las venas de los Hernández?,
pensaba yo. Y se oyó un jaleo muy *estruepitoso*, como de mesas
que se rompen y como una pelea. No fue broma. En un rincón
de la sala que estaba *engalonada* y adornada con guirnaldas y
flores, antes de que empezase a tocar la orquesta, que no la tuve
yo ni en mi boda, porque mi padre dijo que me conformara con
un tocadiscos, ¡zas! se jodió, hubo un pique familiar y todo al
traste... ¿Que no entiende usted nada?... Pues se lo explico,
que Rosendo, que es el amigo de mi padre desde que se corrían
juergas como todos los jóvenes, y que eran unos puteros como
todos los hombres de *en antes*, que como si fuera de la familia o
más, pues que Rosendo que es electricista tenía un *risquemor*,
y *en veces* de callárselo, como más nos hubiese lucido a todos,
se lo soltó a mi padre. Por lo visto le dijo: «Severo, cuidado,
que estamos aquí celebrándolo, y puede que no sea oro todo
lo que reluce». Por eso mi padre le puso el puño en la cara a un
palmo, para metérselo por la bocaza si no lo retiraba. Le dijo
otra cosa peor, pero eso no se lo cuento. Le dijo lo peor que
se le pude decir a un hombre ¡Qué disgustazo! Anda que mi
padre no tiene cojones de sobra para partirle la cara a quien sea,
aunque mira que está delgado y en los huesos. «Di lo que te
salga del pito, cabrón, pero dilo claro. ¿Qué pasa con mi Julito?...
mira que te mato, hijoputa». Y eso lo oímos todos, y nos quedamos... y le partió la cara, delante de la mujer de Rosendo, y
aluego le dio en la espalda con una botella de *Codorniz*, y *aluego*
cuando ya le estaba pisando la cabeza para matarlo, *aluego*
llegamos todos, y entre mi marido y Carmelo, y un primo mío
que es fontanero y que hace pesas, como una burra de fuerte, y

otros, forcejeamos (¡qué fuerza tenía mi padre!) y le sentamos en una silla —ahora lloró lágrimas que se le deslizaron hasta el pecho, y tuve la tentación de quitárselas de allí—, y ya fue tarde porque ya le vino eso… —la gente de la avenida que pasaba nos miraba, porque Cloti era muy conocida en el pueblo, y además era muy llamativa en cuanto a *hembra*—… Le dio eso tan malo, el ataque *celebral*, y se agotó y se hizo un anciano como si hubiese cumplido de golpe *cienes* de años, y se salió fuera de sí, «Julito, hijoputa, ¿qué me has hecho?», y entre espumarajos y espumarajos que *le se le* salían por la boca y por el culo chilló, antes de quedarse mudo para siempre, chilló: «Julito, cabrón, polígamo». Nadie sabíamos qué había *pasao*, y ¿sabe usted lo que significaba «polígamo», sabe usted por qué lo dijo, pues por nada nada… y *aluego* ya lo último que dijo para siempre *desaflojándosela* (la corbata que le *afuegaba*) fue: «Yo quería tres nueras, pero no así, no de esta manera… ¡Juliiito!», y ya nadie le ha oído una palabra… hasta hoy. Y *aluego*, por mucho que le *arrebuscábamos*, no encontramos a Julito… Claro, todo era verdad, se había ido con la *negruzca* esa. Se había gastado todo el dinero de los Hernández, y había vivido con esa puta que la conoció en una barra americana de esas cerca de Tarancón y antes de empezar la carrera, y no había hecho el cabrón ni un examen, ni había ido a clase ni una semana. ¡Mi Julito, mi hermano preferido!

Yo, a riesgo de incurrir en habladurías, la consolé y le pasé la mano por el pescuezo para que se calmara. ¡Qué manera de berrear en la calle! No sabía qué hacer.

¡Qué obsesión debía tener ese hombre porque estudiara su hijo! ¡Cinco años sin hablar de la impresión que le había *dao*! *Me se* apetecía un montón preguntarle qué era eso que le había dicho Rosendo que no me quiso contar, pero me contuve. Exactamente en ese momento, empecé a obsesionarme con la integridad de mi personaje, y eso que aún no había leído *Hacia una mayor convivencia*.

TERCERA HISTORIETA

Hacia una mayor convivencia. El tesoro de un editor

Esa misma noche me leí entera la obra que cambió mi vida. Qué personalidad deslumbrante la de Severo, y sin haber *estudiao*. ¡Qué soltura y qué salero tenía el muy cabrón escribiendo! ¡Y cómo dibujaba! ¡Qué imaginación para pintar marcianos! ¡Tenía capítulos enteros escritos en verso! ¡Cómo me hubiera gustado conocer a ese hombre en plenas facultades *celebrales*! Ya quisieran muchos *inteletuales*... ¡un triste trabajador! ¿De dónde podía un camarero y acomodador sacarse esa imaginación tan portentosa?... Pensé en... exacto, había otro caso igual, el de otro Hernández, un pastor de cabras que demostró que la *inteletualidad* y la belleza no las sacas de las *librotecas*. Al leerlo me daba cuenta de que en su mundo habitaban tanto Dios como Marx (el ateo de Lucifer), *enfavorecido* por la tolerancia: él no hacía exclusiones. Por mi imprenta venían a veces *inteletuales* a que les publicara yo novelas. ¡Y una mierda! Me traían manuscritos pedantes, no eran testimonios reales, palabras y palabras, pero vacíos de vida, de mundanalidades, sin pasión, sin humanidad, y encima no había Dios que los entendiera, en vez de escribir cosas para que toda la gente las leyera, testimonios de la vida. Eran libros sobre el mal, todo eran barbaridades y asesinatos y puñaladas... Yo quería leer algo sobre el bien, harto de ver desgracias, harto de que sólo sea comercial la sangre... El bien también es comercial y suculento. ¿A que sí? Por eso me quedé prendado de Severo. Uno me dijo una vez que «todo escritor tiene derecho a escribir lo que le de la gana», ¡*gelipollas*! y yo le contesté: «pues claro, y un editor tiene derecho a editar lo que le salga de los *güevos*», y le di con la puerta en las narices, ¡no te jode! Lo eché de mi despacho. Era una novela con héroes basura, de esos que no son reales, que no tienen carne ni huesos. Ni pagando le iba yo a dejar que utilizara mi imprenta.

Pues esa noche cuando acabé la lectura, hablé con mi señora y le comuniqué mi determinación: a la mierda la imprenta.

«¡Soy editor!», le dije como si *me se* hubiese metido metal noble por las narices para hacérmela gorda y dura, el alma. ¡Qué alegría más *endiscreptible*!

El comedorcito
(¡Cuidado narrador, que en este final
es donde te la *ajuegas*!)

—¿Y no volvió a hablar? —le pregunté a Juana mientras absorbía un delicioso café. A nadie le sale el café como a los valencianos.

Juana me explicó que desde el disgustazo, ni una palabra: «¡*Joer*, qué fantasía tenía mi Severo!», me dijo. Sólo parecían *reflectársele* de luz los ojos cuando le ponía su amada un disco antiguo (de esos de cuarenta y cinco revoluciones), el de los Tres *Subamericanos*, sobre todo cuando cantaban eso de «Guantanamera Guajira Guantanamera» parecía *de que* a Severo *le se* abrían las pupilas.

Juana se dispuso a lavarle a mi Titán los pies en una palangana. Allí en el comedorcito delante de todos (nueras, nietas, bisnietas y niños desconocidos que eran amiguitos), con una bata raída de andar por casa, Juana parecía una María *Madalena*, pero sin ser golfa. ¡Qué bonito! Severo no se estremecía y eso que el agua se la ponían casi *herviendo*. Era un *caráver* y su rostro era el de una *caravera*. Cloti llegó con un carrito en el que llevaba las gemelas de la Pili, la pequeña de Carmelo.

—*Habemos* ido a merendar a la torre *Mora* —me explicó—. La torre de los moros está en la plaza del *mercao* y es muy bonita, y es del siglo… Es muy antigua, pero la tenemos muy bien *reconservada*, hace un sol tan bonito. ¿Le han llevado a usted ya a ver la paraeta? —me preguntó, y ordenó a una nieta que había por allí— ¡*ves* y tráete una *toballa*!

Le contesté que había ido con Rosalía y que era una maravilla de kiosco y que *acomprendía* que estuvieran tan orgullosos de ella. En eso la Cloti me hizo un gesto como para que la siguiera y me llevó otra vez a los cajones de Severo, al dormitorio. Me entregó todas las libretas de Severo, incluida la *amarrón* en donde había empezado a escribir su autobiografía, malograda por el disgustazo de Julito. Yo me estremecí como una nodriza que pierde leche de lo llena que está, y a quien entregan un bebé para que le dé de mamar. Luego, *arrebuscando* entre los cajones sacó una cajita de debajo. Ella hablaba muy bajito, casi *chuchurraba*. *Parecereseríamos* ladrones. La abrió y puso su dedo en la boca para que mirara y callara: «Todo lo que hay en esta cajita se lo dio a Julito mi padre el día que se matriculó en Madrid, y ahora… aquí está otra vez… ¡Ay qué pena!… snif… por la Virgen de los Desamparados!», se caló el sujetador porque las tetas se le salían, y yo me calé los anteojos, por disimular, y me hervía la sangre y la hombría. ¿Que qué había en la cajita?… pues un plumier precioso que era una maravilla, una goma de borrar carboncillos, una escuadra, un cartabón precioso y no de plástico, no, y un montón de lapiceros del nueve, con los que escribía Severo. Me dio mucha ternura. ¡Qué hombre el tal Severo! ¡Ah, también había un compás que *parecesía* de plata, del *brillor* que despedía! Luego, ya caminando por el pasillo de ese hogar tan afortunado *agolía* todo como a sobaco, pero de extranjero, y es que era un piso siempre tan lleno de gente que… era normal.

En la televisión cantaba la ganadora del Concurso Nacional de Cantantes (muy *aparecido* a Operación Triunfo de ahora), y toda la familia estaba triste y *desoleada*, porque el mundo es una gran mentira y porque Carmela era de todas *todas* la mejor, y había perdido, y no se podía ni comparar su voz, pero cuando hay dinero de por medio… Y Dani lloraba y chillaba como una mona, porque con todo lo *subnormal* que quedó, aún oía en su *celebro* claramente las melodías de Nino Bravo tal y como se las cantaba de maravillosamente Carmela. Yo la escuché y era una maravilla. La que había *ganao* era una mierda. No tenía ni idea, pero claro era de Madrid. Además de cantar a lo lírico, era muy gorda. Cualquiera que viva en Valencia aunque sea un *triste emigrante* (que yo no tengo nada contra nadie, pero si vienen aquí tendrán que *desintegrarse*,

¿no? y hacerse con nuestra lengua y nuestra educación)… Pues eso, que cualquiera en Valencia, tiene más *celebro* y gusto para cantar que la tía esa.

Seguimos en el comedorcito. Miré al generalísimo con su fajín rojo color sangre de batalla, que al estar de cara hacia la derecha *parecesería* que hablaba con Primo de Rivera. Sobre el aparador sin colgar había un sagrado corazón junto a la foto de boda de Severo y Juana. ¡Qué guapos estaban! Él parecía un capitán de la guardia civil y ella una reina. También había en la pared un retrato de César Pérez de Tudela, el héroe alpinista que coronó qué sé yo, y que perdió la nariz congelada no sé si en el *Himinalaya*. Y sólo en la mejor pared del salón, que para ser humilde era una maravilla de cómo lo tenían, estaba la Virgen de los Desamparados hecha de estaño y cristales *apegados* como esos *amosaicos* y con un color fuera de lo común. Sí, sí… la que hizo Rosalía, que creo que era la que mejor le había salido. ¡De categoría, *nano*! En ese ambiente, entre los corrillos de niños jugando y adultos que hablaban haciendo compañía al enfermo… ¿He dicho que estaba lleno de niños porque era San Blas la fiesta gorda de Torrente y no había colegio?... Pues era San Blas y en ese ambiente iba a suceder un milagro.

Entró la Sefa, Serafina era la dominicana de *oscurisísima* faz y tez que había robado el corazón de Julito, la lumbrera. Ella no era bienvenida en este hogar humilde pero digno. Sefa era su nombre artístico en el puticlub, porque en realidad en su pueblo nadie recordaba cómo la llamaban. No era como esas personas malolientes, esos pobres que vienen a este nuevo mundo de desplazados. Era muy limpia. Era muy joven para Julito, que ya casi tenía cuarenta años. Encima venía «de compras», en cinta, como decimos en Valencia cuando vas preñada. Se acercó a Severo con descaro y se arrodilló a sus pies, que los tenía descalzos sobre una especie de colchoneta de playa que le ponían para aliviarse. Cogió una *toballa* y se los secó, aunque ya los tenía secos: hizo como que se los secaba. Severo, como que no se daba cuenta, miraba a través de la ventana por la que la gente corriente iba y venía orgullosa por Elena Tamarit, por esa calle tan bonita, y veía el escaparate de zapatos Mayordomo, donde se vendían los más caros zapatos de Valencia. Juana, la Cloti, Rosalía, Raúl y una prima *fuengirola* que había venido de visita, la Jennifer la llamaban, y todas las nietas casadas, todos incluso yo mismo, nos quedamos sin respiración, se mascaba la tensión, porque Sefa nunca se había *acercao* a Severo, lógicamente, y esto ahora era una cosa gorda como un canon (¿qué es un canon?). «¡Insensata!», gritó la Cloti y se fue hacia ella para arrebatarle los pies benditos de su padre.

—¡Tú...! —gritó Severo a la mestiza con su voz como *ultracongelada,* que ya nadie se *arrecordaba* de su tono y que infundía un respeto *de que* te cagas— ¡Tú! —repitió— ¿no ves que tengo los pies secos y calentitos?

Como todos se tiraron al suelo de rodillas al ser devotos de la Virgen y yo también lo soy (aunque no voy a misa, porque los curas son todos unos pederastas), me tiré también al suelo. Severo tomó la cabeza de Sefa, la advenediza, y la puso encima de sus muslos, ya decrépitos, aunque Severo nunca tuvo lo que se dice carnes. Yo, la verdad, pensé que la iba a matar, pero donde fueres haz lo que vieres, así que me quedé como rezando. Los niños, con mucho conocimiento, se callaron y juntaron también sus manitas como *le se les* enseña en el catecismo. Así habló el que llevaba más de cinco años sin decir nada:

«Tú, Sefa, tú que cruzaste el Pacífico (Severo se refería al Atlántico, ¡pobre!), y que viniste a nuestro país para quitarme lo más precioso, para arrebatarme mi sueño, tú que eres oscura y diferente... ¡Perdóname, por lo que más quieras! ¡Haz feliz a Julito, mi hijo erudito por mucho que no lo haya demostrado, por mucho que se haya quedado en el bachillerato!... ¡Por fin tengo tres nueras y un yerno, por fin tengo yo una familia del Cuatro!».

Sus palabras estaban *preñadas* de perdón. La emoción *nos la embargaban.* Entró Julito, que venía de vender altramuces y chufas y almendras garrapiñadas en un puesto en la calle de la Ermita, porque estaba en paro y nadie le ayudaba. ¡Con lo que prometía! Julito se tiró también a los pies de su padre y recogió el perdón también. Hizo lo que tenía que haber hecho años antes:

—Papá, perdóname, no sabía lo que hacía… Perdóname por favor… Me dio miedo decírtelo desde aquel día… Perdón, virgen santísima —miraba hacia arriba.

Se refería Julito a lo que le dijo el día de la matrícula y que no he contado *tovía*.

Yo lo sabía porque Julito se lo había dicho a la Cloti y la Cloti me lo había *contao* a mí. Era normal que tuviera miedo el chaval, aunque ya era un hombre. ¡Es que la personalidad de Severo se las traía!… En Madrid le dijo Severo al oído: «Julito, no me decepciones, eres mi sueño de reserva, tienes que ser una *inminencia*… Yo ya no llego, nunca lo seré, pero tú tienes que ser una entrada de diccionario… Y si decepcionas a tu padre y a los *Hernándeces*, te mato a hostias». Como si Julito supiera lo que su padre pensaba, exclamó algo que nadie entendía (era eso de lo de hablarse de tú):

—Yo quería ser bueno y no listo: yo quiero ser bueno —y lo elevaba *parriba* como una plegaria que volaba.

Yo pensaba que ahora que conocía a Julito no me parecía tan lumbrera. En ese momento, como si la Cloti que estaba a mi lado hubiera escuchado mi recelo me dijo:

—Pobre. Es que el accidente le dejó muy mal. Es que el tiempo que estuvo en coma…

Era verdad.

—¡Yayo, yayito! —gritaban las bisnietas que *les embargaba* también la emoción *descontenida*.

Severo, ahora *asincerado*, *parecesería* que se confesaba, como esos moribundos a punto de *expirarse*. Hablaba y hablaba, y no podía parar, como si ya que le había venido la voz quisiera aprovechar.

—Pues claro, hijo bendito, ser buenos es lo importante, tanto estudiar y estudiar… ¿acaso no fueron buenos mi padre y mi abuelo que no llegaron más que a peones camineros? No hay destino mayor ni peor, no hay Dirigentes y Menospreciables —se contradecía, se desdecía el hombre—, sino igualdad… ¡igualdad! y la felicidad está en lo diminuto, no en lo agigantado e inconmensurable, como las esencias están en los tarritos *enanos* de perfume. Hijo mío, claro que eres hijo mío, hijo del alma mía, disfruta de la Sefa, que es la mejor de mis nueras, hijo *predilectivo*. A la mierda el diccionario enciclopédico. Hijo, tú tenías razón: «ser bueno, y no listo», hacer el bien, y no hay que viajar al África *negra* para eso, lo puedes hacer aquí mismo en tu casa.

En eso entró Rosendo, que hacía un año que estaba viudo y que caminaba con un tacatá de esos de la Seguridad Social, y que nunca había vuelto a entrar en la casa, y se le acercó y se dieron un abrazo. Otra vez eran amigos del alma. ¡Cómo lloraban Severo y el electricista!

—Perdóname, Severo —le decía Rosendo con lágrimas en el único ojo que le había *quedao* tras la cornisa maldita—. ¡Venga! Que aún iremos a ver los pueblos de España juntos —decía cariñosa, entrañable, amigable, anhelante e ilusoriamente. No sabía Rosendo que iba a morir casi a la vez que Severo.

—No, perdóname tú —decía Severo muy *autoritatorio*—, perdóname… Dios, Dios mío, perdóname tú también.

El ateo más extraordinario ¡ahora llamaba a Dios!, ¡*apaleaba* a Dios para que este le acogiera en su seno! El comedorcito, junto a nueras y una familia *sinimpar*, me parecía ahora el mejor sitio en el que caerse muerto. Ya no me parecía tan modesto con esa luz nueva.

—No, perdóname tú —insistía Rosendo—, no tenía por qué habértelo dicho.

¿A qué se refería el electricista? La Cloti, otra vez como una bruja, me dijo que el día que quiso matarlo es porque (a parte de lo de que Julito era un manta y no había *estudiao*), le dijo a Severo que Julito no era hijo suyo y que Juana se la había *pegao* con el jefe del Marisquero nada menos. Y por lo visto era verdad. ¡*Joer* con Julito, el que iba a dar la campanada de los Hernández, sí que la dio, sí! Normal que Severo quisiera aplastar la cabeza de su amigo y que le diera la *imbolia* y que repudiara a ese *bastardillo*. No es una cosa que un hombre pueda… no sé, cada uno. ¡Vaya golfa que había *resultao* ser la Juana! Lo que estaba claro que ahora perdonaba a todos, a Julito, a Sefa, a Rosendo, y a Juana por engañarle, que no iba a dejar de amarla, que así es de *incompenetrable* el corazón de Severo. Yo creo que si llega a entrar el jefe del Marisquero le perdona también. Y encima Severo había estado en su entierro llorando del afecto que le tenía. ¡Qué hijoputa! Si lo llega a saber. ¡Me cago en sus muertos, y eso que a mí no me hizo nada!

¡Qué lección había *dao* Severo! Por fin iba yo a tocar a mi ídolo.

—Mira, papaíto —me llevaba Cloti del brazo ante él—, mira, mira, este señor que está aquí es editor —¡qué hervor me recorrió por dentro al escuchar la palabra «editor»!—, es el jefe de la Merche y va a publicarte *Hacia una mayor Convivencia*, y dice ¡que va a ser un éxito!

Severo me miró y yo me *entremecí*. ¡Qué orgulloso estaba yo de conocer en directo una mente tan *previlegiada*! Todos los editores de Valencia iban a envidiarme por haber encontrado una obra tan *inisual*. Salí de la casa y cuando llegué a la Fuente de las Ranas me eché a llorar *desaconsolado*.

FINAL: EN LA PUERTA DE LA PARAETA
(Hago mi reflexión final sobre
la sociedad *submergente*)

A lo mejor a todo el mundo no le parece que Severo sea
un héroe, pero yo digo que sí, y que no he conocido en este
mundo, en Valencia, nadie *de que* goce de la pureza de su pecho.
¡Qué arrolladora personalidad! Junto a él te sentías una mierda.
Ahora el mundo de Severo, de mi acomodador y camarero, se
acababa. Los Hernández pronto empezarían a viajar y salir
de Torrente, porque aquella sociedad en auge se desintegraba,
como si dijéramos se *desmolecularizaba* molécula a molécula.
Si sales de Valencia todo es oscuridad y mierda, y degradación,
y hay por ahí mucha miseria. Alguna bisnieta estudiaría una
carrera, pero ya estudiaba *to dios* y no era igual. Ya todo el
mundo era un ceporrete.

Esa mañana, aunque hacía frío me tomé una horchata.
Como hacía un sol muy bonito me senté en un banco de la
avenida de los Mártires. ¡Por supuesto que se llama de los Mártires! (Y ya nunca la llamaría del País Valenciano, ya nunca
olvidaría mi pasado, ya nunca olvidaría que yo era un hombre
también de aquella sociedad que se derretía, como mantequilla
olvidada en la guantera de un coche, al sol).

Abrí el cuaderno *amarrón* para ver lo último que había
escrito mi Titán antes de *acatatonizarse* años antes. Dios, qué
pureza y qué sinceridades. Esto no estaba en verso como *Hacia
una mayor convivencia*, ni hablaba de viajes espaciales. Ni tenía
boscetos preciosos de marcianos. Esto no era una obra con pre-
tensiones de belleza, sino simple verdad emocionante. ¡Qué
autobiografía se perdió el mundo por una *imbolia*! Si hubiera
podido acabarla… De tan humilde como era, te sacaba los
colores y te acojonaba. La abrí por la escena de los gorriones-
rana. ¡Qué gracioso! En esa parte le *instalaba* a Julito para que
nunca contara la verdad. Por lo visto la familia de la paella
eran unos macarras y Severo tuvo que defenderse. Fue él quien

cogió un palo y al padre le abrió la cabeza porque este había empujado a Julito. Por lo visto no se libró ni la suegra, que al ser muy mala hubo que machacarle la cabeza contra el suelo para que se callara. A la mujer y la nuera las redujeron con escupitajos de lo cobardes que eran. Julito, que aquel día había resultado ser muy valiente, de una pedrada le sacó un ojo al hijo pequeño del padre ese, que era un delincuente. En Valencia es difícil encontrarse gente tan mala. Lo de las ranas sí que había sido verdad, pero para recuperarlas de la paella no se habían quemado las manos, porque las tiraron al suelo para que los hijoputas, si les quedaban ganas no las aprovecharan. ¡Que se jodan!... Las manos Severo se las había quemado de otra manera. Por lo visto hicieron un fuego en un paraje que estaba muy prohibido para comerse de una vez las ranas y se les escaparon sin querer las llamas. Severo que vio cómo se quemaba el bosque intentó apagarlo sacudiendo ramas y se quemó las manos, ¡pobre! Yo lo había visto en la televisión. Se habían quemado aquel día casi cinco mil hectáreas de pinos viejos y matorrales, y habían muerto un montón de pájaros torrados y otros animales. Algunos dijeron que había sido un desastre ecológico. Allí ahora hay un montón de chalets muy bonitos. Pero lo peor es que las manos de Severo ya nunca fueron lisas y perfectas. En el cuaderno *amarrón* pedía Severo disculpas por la mentira. También pedía disculpas de parte de Julito. Por lo visto cuando el accidente que tuvo en la carretera de Madrid, lo que pasó es que cuando estaban adelantando un camión tuvo miedo y se tiró. No había peligro, pero el chaval, oye, que quiso salvar el pellejo. Se desestabilizó la *amoto* y el amigo que iba con él se mató. Pero en el coche que venía en dirección contraria se mataron cuatro, por no querer atropellar al pobre Julito.

¡Y cómo se habían portado con él todos los Hernándeces! Casi se habían arruinado, todas las nueras y hasta los primos y los *fuengirolos* habían arrimado el cayo pidiendo dinero a la Caja Rural, y siendo humildes habían conseguido pagar todas las deudas de juego y cosas peores que tenía Julito en Madrid. Ahora la familia Hernández dejaba íntegra para Julito la paraeta.

Miré y vi mucha gente nueva que no conocía. Torrente se llenaba de gente de fuera. *Parecesería* que habían *dao* el pasaporte a todos los delincuentes de África, Asia y de la Europa adyacente. Por lo menos los *sudacas* hablan nuestro idioma. De pronto vi a Julito por la acera de enfrente. La gentuza le miraba con malas maneras. Gente guarra la hay en todas partes. Todo Torrente sabía lo de ingenieros. «Julito levanta la cabeza muy alta y piensa en el niño bendito que lleva la Sefa en su vientre», dije para mis entrañas, como si él pudiera oírme. Más mérito tiene *tovía* la cosa, porque Julito no es el padre. Pero ¡qué más da! ¿Acaso no trabajaba la Sefa en el oficio más antiguo del mundo?...

Cuando llegaron a la glorieta que han asfaltado ahora y que está muy bonita con sus tres o cuatro falsas pimientas, un hombre de unos cuarenta años mira con recelo a Julito, y este le devuelve la mirada. Julito camina lento desde el accidente, que le dejó muy torpe, y ya no *parecesería* el avispado muchacho que *fueres en antes*, y lleva del brazo a su amada. El hombre que les mira lo hace con odio. ¡No se puede ser tan resentido! ¡Es el niño al que sacó el ojo de una pedrada el día de la paella!... Julito, con su corazón de oro le mira y con sus ojos le pide como perdón. Sin hablarse se *arreconcilian* para toda la vida y serán amigos. En eso Sefa, que no sabe nada pero que nota algo y que tiene un corazón de oro para ser de fuera, mete su cabeza en el hombro de su hombre, le junta el rostro al suyo, al de Julito, y *sendos* tuercen *ambos* cuellos y orgullosos miran en frente, miran su futuro, miran la paraeta, en comiéndose *sendos*, *ambos* entrepanes, mientras un chaval vuela su cachirulo, como hacen los ángeles, cuando vuelan sus *sendos* cachirulos.

Esta novela se acabó el veinticinco de julio del mil novecientos noventa y nueve, y fue escrita en treinta días con sus treinta noches.

Y *Hacia una mayor convivencia* es un éxito tan grande que todos los editores de Valencia me la quieren quitar. Se vende como rosquilletas.

Diario Las Provincias: «Cuesta creer que alguien pueda haber escrito algo igual. Es difícil no atragantarse, bien de las lágrimas, bien de las carcajadas».

Árbol genealógico
(personajes de la novela)

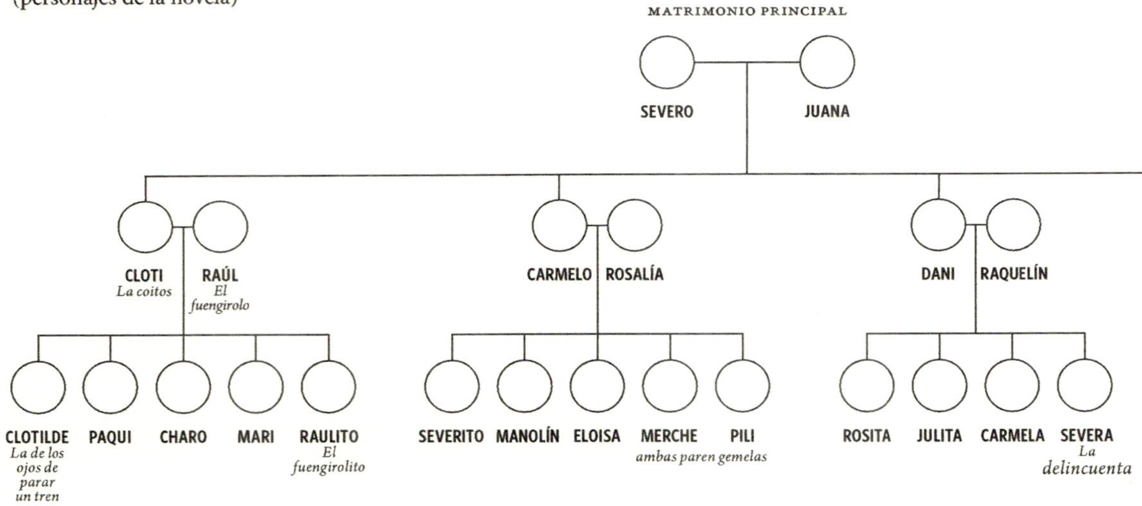

MATRIMONIO PRINCIPAL

SEVERO   **JUANA**

CLOTILDE
La de los ojos de parar un tren

PAQUI   **CHARO**   **MARI**   **RAULITO**
El fuengirolito

CLOTI
La coitos

RAÚL
El fuengirolo

SEVERITO   **MANOLÍN**   **ELOISA**   **MERCHE**   **PILI**
ambas paren gemelas

CARMELO   **ROSALÍA**

ROSITA   **JULITA**   **CARMELA**   **SEVERA**
La delincuenta

DANI   **RAQUELÍN**

SEFA   **JULITO**

OTROS PERSONAJES PRINCIPALES

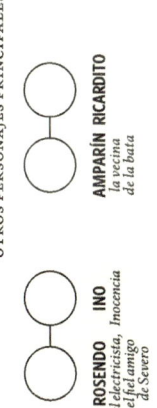

ROSENDO   **INO**
el electricista, Inocencia el fiel amigo de Severo

AMPARÍN   **RICARDITO**
la vecina de la bata

EL JEFE   **MANOLITA**
del Marisquero

La paraeta se terminó de
imprimir en abril de 2025.
Para su composición se utilizó
la tipografía Arno de Robert
Slimbach.